I0548244

©Grimaldi Oyola, 2015

©Primera Edición
Grim's Emporium

Diseño, diagramación y estilo
Valentina Marealta

goyolap91@gmail.com
valentinamarealta@gmail.com

Edición:
Natalia R. Piñeiro
Alyssa Méndez
Valentina Marealta

ISBN: 978-1-61887-730-7

Impreso en Puerto Rico

Recetas para la demencia cotidiana

Grimaldi Oyola

A Gloria Ríos, sin tus libros, nunca te hubiera conocido.
Leí cada rincón de tu cuarto, en él aprendí a amar, odiar y
valorar la tinta.
Solo cuatro años me duraste, pero tú corres por mis venas,
por mi pluma se desplaza a tu nombre.

A los que pasaron como las olas,
retumbaron por mis rincones,
esos que se infundieron en mi piel
aunque su visita fuera pasajera.
A esos amores dejados y enterrados en fosas, se lo dedico,

Y todas las personas que me disuelvo en su memoria.
Yo nunca me olvidaré de ustedes.
Gracias por las memorias escurridizas,
de sus siluetas que ahora se han convertido en letras,
en la distancia, gracias por ser el túnel pasajero que estimu-
ló estas palabras.

Círculos concéntricos

Si está navegando a través de las páginas de este libro en busca de una historia que tenga un final rosa o azul recomiendo que su vista busque en otro lado esta historia no tiene que ver con cuentos de hadas o seres fantasiosos aunque en algunos momentos no puedo abnegar el cuestionamiento de la realidad palpada en estas páginas estos eventos relatados son una corriente de mis fortunas las cuales solo se deterioran no mejoran cada evento personaje o situación es basado en una realidad subjetiva que viene de un sociópata no del corte cotidiano que vemos en los filmes siempre termina en un hombre apuñalando a María Ivanne como en "El Túnel" de Ernesto Sábato su presencia establecida como sociópata se debe a raíces mucho más intensas lo cual es previsto bajo Henderson como cascarón protector del subconsciente sus acciones no son en blanco ni negro su perspectiva ecléctica bajo los ojos de muchos va a ser absorbida como egocentrista necia escandalosa apática y antipática si alguna de estas cualidades no le agrada por favor ponga usted este libro en el suelo y siga caminando porque ni los personajes ni los eventos presentados en esta historia le traerán ningún tipo de gusto sino todo lo contrario si su preferencia es una más leve baje dos secciones y encontrará muchos libros rosa o novelas populares de autores como John Green los cuales deben alentar su paladar son historias de chicos enamorados de mujeres imposibles de adquirir si ese no es su tipo a la derecha de éste encontrará libros sobre la ansiedad que pueden ser beneficiosos al leer este relato no será placentero ni cómodo en ningún momento bueno eso depende de las cercanías y perspectivas del lector pero si decide sumergirse solo confieso que la historia de Jetulio Vargas contiene una serie de eventos de tonalidad vulgar irónica y muchas veces satírica se lleva a cabo en la mente de un ser por un trayecto de treinta años llenos de alimañas víboras malos ratos e inclusive esposas pasadas todavía está a tiempo a leer un libro con un hobbit lugares hermosos tonalidades amistosas que terminan en celebración no a todo el mundo le adormece una historia de catarsis constante mi trabajo es recopilar la serie de eventos ocurridos a Jetulio algunos estarán salteados entre diferentes tiempos o tiempos similares porque este personaje está dividido entre tantas vertientes que es difícil identificar los tiempos o si es verdadera o falsa la situación los primeros documentos conocidos de su parto natural relatan que al momento de salir el pequeño Jetulio no lloraba ni reaccionaba el doctor se asume que era un profesional de la salud jamaqueó al niño a ver si podía sacarle una emoción pero lo único que consiguió del recién nacido fue una mirada que en lenguaje de infantes significa si lo vuelves a hacer te voy dejar sin hijos desde ese momento en adelante podemos ver que Jetulio no sería un niño común y corriente sus padres tenían ascendencia vasca estaban orgullosos de tener un crío la razón de su nombre no es especificada pero al su padre tener un afán con la historia de la reforma agraria el nombre se le puede adjudicar a un terrateniente brasileño al cual le pertenecía el mismo nombre Jetulio Vargas bajo datos históricos fue un hombre que luchó junto a la protección de su patria y la potestad de una América del Sur libre su padre Gremio Ojeda fue nacido y criado en el poblado de Utuado el cual está localizado en el medio de algún precipicio en las praderas de esta Isla tenía tendencias izquierdistas al menos hasta que se dio cuenta que todo el mundo entra al sistema universitario como un independentista y sale del partido opositor desde ese momento en adelante el padre de Jetulio solo profesa la ley del deseo no uno sexual como muchos pensarían no sino de la monetaria activista la cual es la gran moneda engendrada para esta nación hacer intercambios con el extranjero para propósitos de mantener la localización de Jetulio y todos sus progenitores conocidos no van a ser mencionados tampoco ayuda la moneda del país a relacionarte a esta historia con mayor concisión y este detalle lo podemos adquirir de un texto que establece una firma en el dorso de un papel como el centro de la economía y todo tu ecosistema eso suena como mundo que todavía conoce racismos discriminación y fronteras suena terrible no crees volvemos al padre de Jetulio el mismo vino de un hogar disfuncional su madre la mujer más excepcional ante los ojos de todos fue perseguida por su esposo por diferentes poblados huyendo por su seguridad al volver el abuelo de Jetulio Germán Ojeda quien estuvo en la milicia y fue condecorado con alto rango en sus hazañas para la segunda guerra mundial hizo lo que todo general desnudo hace en su retorno enloquecer Germán al regresar sufre de serios desbalances químicos ocasionados por inyecciones y situaciones dentro de la línea de conflicto todavía está usted a tiempo de poner este libro abajo solo debe preguntarle al que atiende en la caja registradora por un libro llamado Durazno empático es una historia de Durazno que se convierte en un hombre feliz a pesar de que bajo concepto de lógica se supone que el durazno solo viva diez días de esa trascendencia completa sin importar los preservativos como resultado Germán sufría de alta inestabilidad mental tanto así que trató de matar a Gloria Ríos quien dijo que el amor verdadero no existe sobre quince veces en la trascendencia de tres años durante poco tiempo restante se dedicó a estabilizarse de la única manera que consideraba honorable ahogándose en su propio néctar sin parar como resultado terminó viviendo en la carreteras de Utuado por varios meses hasta que por fin en su última celebración de gloria vomita el hígado frente a su tercer hijo sus últimas palabras fueron tráeme otro vodka porque Mussolini me está esperando su cabeza rebota en la acera tres veces en una de las caídas vira el cuello vomita mitad de la acera el joven Gremio Ojeda con solo diez años ve a su padre derramando sus últimos suspiros sin saber si sentir ira o felicidad el joven se levanta de la acera deja a su padre ahí en el suelo esperando que una ambulancia llegue a recoger sus restos ya que su padre tuvo más conexión con el borracho sentado en el asiento a la derecha de la barra en el lado posterior que con ninguno de sus hijos como resultado Gremio Ojeda se crió con un repudio infinito hacia las tendencias abusivas de su padre y ni sus hijos ni esposa lloraron en su funeral solo sentían el alivio de que nunca iban a ser abusados perseguidos o amarrados para ser pegados por un ser que se consideraban su papá en ese momento Gremio Ojeda decidió que nunca en la existencia llegaría a imitar tales conductas lo que Gremio infante no sabía era que pese que no iba repetir el ciclo de su padre, la angustia y furia engendrada sobre su ser era de predominar en su estructura el momento en el cual Gremio Ojeda tiene en los brazos a Jetulio es descrito por personas dentro de la situación como el momento de catarsis en su vida para corregir los errores que su figura paternal cometió hacia su persona y una oportunidad de estabilizar su conciencia pero la vida no siempre es tan pudiente eso solo duró los primeros cuatro años de la vida del pequeño Jetulio

'

Encuentros con la absolución

Engendrado en tu piel corre en mis venas, una tinta amarga y placentera grita para poder salir. Cuando ella decide expandir, mi sangre se convierte en ella.

Mi mano se convierte en su verdugo y cuando conjugo no haz de reír, porque el pulso puro, puño, que la engendra late y mi cerebelo emociones expande.

Cuando ocurre una absorción neta, crea una combustión, en ella mi tinta se vuelve su única absolución.

La mano rueda cuando la examino. Ella me penetra y se adentra por mi columna vertebral, exprimiendo cualquier estímulo el cual no es de replicar.

Con una sola verdad neta, la palabra ancla. Y como resultado, tu existencia convertida en tinta estará. Por tanto libertad alcanzará y el viento escurrirá dentro de la cuenca, no logra sanar.

Porque el destello presentado no es de olvidar, mi sangre derramada en tus manos estará. Y como resultado, mi sangre dentro tu piel nunca caducará.

*Oxígeno no te encuentro, paredes retumban, ecos agudizan
expulsando realidades, necesidades, demonios,
todavía permanecen, y al fondo una silueta.
Creo que la reconozco...
¿Por qué te aproximas si tu lugar es junto a Cibuco?
Responde. ¡Desármate! Vengo a desahuciarte...
Y en su mano una pluma, tinta o-negativo,
un papiro escurridizo que en sus letras dice
que no volveré.*

Klaus & Beatrice

Succionado por la sábana, Klaus contempla su destierro aproximado. Como todos los días desde los catorce, no tiene quién lo arrope dentro de ellas. A pesar de que ya tiene diez años más, se encuentra a punto de convulsionar. Se sienta al borde de su cama, enciende un "Cáncer", poco a poco se relaja. El adulto, o casi adulto, vive solo en un estudio equipado con destierros de memorias pasadas que infundían a Klaus dentro de sí mismas. Él trata de tomar todo lo que la vida le trae de manera optimista. No dejarse diluir en lo hondo es su realidad, conllevada por una ilusión. La ilusión de algún día encontrar un ser que le devuelva sus esperanzas. La codependencia es un signo mostrado en personas con casos de abandonos. Es una señal que ni la auto satisfacción ni la felicidad existen sin otro ser. Como resultado, Klaus aún contempla la posibilidad de una unión duradera, pero sólo se encuentra sentado en la acera. Mira hacia lo hondo mientras examina cómo la cebada de la Presidente se escure por la carretera de la metrópolis de piedra. Al estar rodeado de personas de edades medias, se siente fuera de lugar. En el próspero principio del 2011, ahogarse en alcohol no suena como tan mala idea. Pero ya es 2015, y Klaus no comprende su ecosistema. Muchos piensan que es por su corto matrimonio en el cual recibió abuso doméstico, y están en lo correcto.

Klaus cometió el error fructífero de la época del hacendado. Como resultado, tomó la mano de Beatrice cuya edad era 18, teniendo solo 21. Sin trabajo ni oficio, buscaba vías alternas para maniobrar por el césped y hacer renta. Lo único que él nunca entiende es que está casado con alguien que no lo ayudaría en su situación, sino todo lo contrario. Beatrice, oriunda de un pueblo de la isla, llega a la metrópolis a los dieciséis y, en el transcurso de dos años, se dedica a utilizar alucinógenos, anfetaminas y psicotrópicos, de inmediato agudizando su condición. Ya la joven padece de esquizofrenia en un estado severo.

Durante el comienzo de su relación, Klaus y Beatrice eran felices a pesar de varios encuentros con la realidad. Klaus debió tomarlos como señal de que algo anda mal y tal vez las cosas no prosperarían tanto como él piensa. Como ejemplo, ocurre una ocasión abre la puerta de su casa y la encuentra desnuda junto a cuatro otras personas a quienes él quisiera no recordar. Obviando la situación de su conocida cercana, trata de verlo como una forma de adaptación, sin saber que esto era señal de dependencia en pleno comienzo. Al nunca mirar las fallas de los demás y enfatizar solo lo deseado, ignora la cadena de problemas subsiguientes y se ve aturdido, pero no por lo ocurrido, sino por la reacción engendrada al recibir su primer golpe.

Beatrice no estaba bien de salud. Klaus trató todo dentro de su poder para ayudarla pero no fue posible una recuperación. Su condición empeoró al igual que los cantazos, los insultos y las infidelidades de Beatrice hacia Klaus. Mientras ella se adentraba en un estado mánico, perdida en su propio espacio y tiempo, vio a Klaus como el enemigo. Surge la paranoia y la sed de control. Tras el transcurso de los primeros seis meses, Klaus no puede ver ninguna película pornográfica ni expresar interés por algún artista que le pudiera causar atracción. Beatrice lo mira y se mofa de él, exponiendo que él no necesita ver tal cosa. Sin embargo, ella nunca se cubría. Klaus, sintiéndose trastornado y perdido dentro de su propia condición (la cual no comenzó a agudizarse realmente hasta meses después, imagínese), recurrió a dos psicólogos y un psiquiatra en busca de una posible solución.

No sabía qué más hacer para ayudar a la pobre, pero el tonto no entendía que ya está catorce años muy tarde. Desde la edad de los cuatro hasta los ocho años, Beatrice sufrió de abuso sexual por parte de un compañero de clase de su hermano, quien la penetró con un lápiz sin punta. Beatrice nunca comprendió lo que pasaba, usaron su cuerpo y ella no entiendía por qué. Estos eventos marcaron su existencia con magnitud suficiente para que nunca recapacitara, algo que al pobre de Klaus no le cruza la mente. Al igual que el cristal molido, solo puede sacudirse.

Beatrice se debilita, deja de comer y permanece en cama. Klaus asume todas las cargas para asegurar su mejoría. Para el final del proceso, Beatrice pesaba ochenta libras y no le apetecía nada. Prefería quedarse dentro, aunque sintiera en el fondo que quiere mejorar. Klaus, siendo optimista y cándido, ve hasta el más mínimo detalle como una mejora. Mas Beatrice no es igual, siendo esta la primera de muchas desigualdades. Klaus, tras haber visto cosas que no deben ser divulgadas, no pierde las esperanzas. Beatrice lo mira a los ojos y le hace creer que él vive solamente para servirle. Él obedece, baja la vista y sigue sus órdenes.

Incrementan los golpes, no tan solo en cantidad sino en magnitud. Klaus se desestabiliza. Por primera vez en su vida, no siente nada. En el sexo, ya no está presente y, como resultado, debe disimular y aparentar la satisfacción. Ya ni logra eyacular. Ella lo nota y golpe tras golpe le destroza el rostro en el acto hasta casi dejarlo inconsciente. Vagando entre sueños rotos, se encuentra preguntándose por qué caen granizos y todo queda absuelto.

Beatrice no para de cabalgarlo, puesto que el pene todavía está erecto. Pasaron treinta minutos y Klaus despierta de la travesía. Mientras ella está enfocada en su asunto, sin parar. Asustado por lo ocurrido, la deja continuar hasta que se sacie. Temblando en la cama, no lograba entender lo que estaba ocurriendo. Este incidente sería el primero de muchos que se repetirán a lo largo de varios meses.

Beatrice diversifica sus métodos de tortura, intensifica los actos. Una variedad de alambres, cables y navajas protagonizan los abusos. Klaus finalmente cae en una depresión espiral. Al recuperarse después de tres largos meses, Beatrice lo mira y le dice que no está feliz y se irá. Es obvio que ninguno de los dos está estable para soportar tal situación. El anillo cae en el suelo. Lleno de moretones, Klaus observa con tenuidad la esmeralda reluciente, el hueso pulido por su propia mano. Todas las promesas de una eternidad desaparecen con Beatrice.

Al volver a su hogar, Beatrice se va a un hospital psiquiátrico por cinco meses y termina con su tratamiento. Retoma su vida desde cero, olvida el terrible pasado. Su sueño de modelar se cumple al fin, y encuentra una pareja con estabilidad económica, Beatrice vive el sueño en su pueblo de origen. Klaus, por el otro lado, nunca se fue del lugar. Al pasar del tiempo, Klaus desarrolla alucinaciones y sueños siniestros. Cada vez que ve la sábana, la ve a ella, desgarrando su piel y encendiéndose en un fuego lozano dentro de bosques de los cuales él, todavía, no encuentra salida.

Entre compases

Adoquines ficticio plasmado sobre la foto,
puestos como representación de virtud,
perpetra, solo un retrato veo de lo que en una vez fue
nosotros juntos, debajo de las estrellas.
Acostados al lado de la tumba de Pedro Albizu Campos
Esa noche nos desgarramos a besos,
Un estado carnal dionisiaco se alentaba en la caldera.
Después del acto, anillo confeccionado con mis dedos
en una rodilla, me coloque, respuesta inmediata un sí
Hueso entra a tu dedo incrustado, en la parte superior, una
esmeralda,
una promesa de vida en carne compartida.
Ahora aguanto el mismo anillo solo
3 años con 2 meses con 7 días con 13 horas con 21 minutos
intercalados entre 16 segundos
eso va de tiempo, 62 escalas de anulación.

Prohibido olvidar

Prohibido olvidar el delirio eficaz que tuve durante muchos años cuando las veía como seres en el extranjero mutante de otro mundo a los cuales no me podía acercar. Obsesiones, manipulaciones y distorsiones, todas coordinadas con hilos llenos de putrefacto en sus dedos para no dejarme volar. Sosteniéndome por un pelo para adentrarme a la locura. Las cicatrices sanaron. Desnudo voluptuoso, con aires de pena y satisfacción abarcaron en su ser.

Dejó que sus instintos primales dominaran su razón para no sentir pena ni manipulación. La convocación directa del acto ha empezado y vos no reconoce los movimientos dentro de esta danza. Pero al entrar entre sus mejillas mis dedos van deslizándose por su eje. Percibo la humedad de su ser y mi cara se aposenta alrededor del final de su columna vertebral. Flechas de intensidad abarrotaban sus paredes, temblores repentinos los cuales nunca antes había presenciado. Unas filarmónicas llenas de tonalidades desarrolladas y agudas las cuales subían o bajaban al control de mis manos. Profilácticos carecían al momento. A la proximidad se sentía una decepción.

Aturdido continué escarbando entres raíces subterráneas y llegué al cordón umbilical de sus sentidos. Trinchada por placer, aguardo la duda de que era el próximo movimiento. Espero mi descenso en bruto, lleno de lujuria por el as de venir firmé el pacto y decidí que voz ya mi tiempo era. Derretido y entusiasmado por la idea de acabar con esta ignorancia una vez y por toda me adentré. Pidiendo permiso a vos y vos me ha concedido. Para ti uno más en la lista, para mí la primera entraña en la cual me he aferrado y permanecido en las cercanías de tu ser. Me lanzo dentro del pozo en el cual muchos han brincado y yo apenas he explorado.

Cambios de velocidades, fricciones y alborotos. Tratando de

sostener mi suelo me encuentro, nunca antes había caminado por este sendero. Actuando como todo adulto y aceptando la realidad del acto, el cual es solo placer y no conexión, cometo las fechorías. Palabras, gemidos y sensibilidades agudas, interconectados como si vos y yo fuéramos un único ser. Salí anonadado del acto y complacido, pero frustrado porque "vos y yo" no existe. Todo se encuentra del cerebelo que llamamos vida, por ella caminan las memorias y se van ahuyentadas.

Dentro de mi conciencia te tendré, pero vos y yo sabemos que nuestra correlación es una temporal y el olvido será inminente. Mas la apreciación y la trascendencia la cual vos brindó a mi consciente es una enmarcada en mi ser. Por tanto es suficiente esta vez, prosiguiendo por el camino ya he caminado lo desconocido, pero me falta mucho por conocer.

Celeste

Señales difíciles de interpretar confunden y eluden tu presencia.
Te amarran y te asfixian, hierba mala que se nutre de tu esencia.
Impacto con martillo por experiencia.

Confundido por tus señales ilógicas, me cantas al andar.
Me declamas, unificando tus bienes sin renovación.
Sólo como recurso renovable de acuerdo a la situación.
Amarrado a una silla me encuentro, con 5 hilos de por medio.
Los cuales manipulas, tú, con tus dedos sin ninguna emoción.
Como toda una titiritera en pleno sol de enero.

Me drogas, y me derogas con tus gestos,
aseguras mi vuelta con la mirada del apuesto.
Tan solo quería ver tu cara sonrojada por tu imaginación dentro de un lienzo.

En vez de pintar el panorama que te habías puesto.
bregaste con alimañas que solo al drogarte mostraban afecto
que una, dos y tres no eran suficientes para completar el efecto.

Tu cerebro fusilado, toxicidad reportada nunca has vuelto.
Me pides que sea tu brújula pero en la calle te encuentro,
llena de fisuras, las agujas a tus venas han vuelto.

Qué ocurrió con la niña que solo pintar era su puesto
Porque ahora mira al cielo y dice: azul Celeste ya ha muerto.

Direcciones Opuestas

Prólogo
Despertar

"In a real dark night of the soul,
it is always three o'clock in the morning,
day after day."
F. Scott Fitzgerald

Klaus se levanta, revisa que la puerta esté cerrada (1), vuelve, se levanta y revisa que esté cerrada (2). Mueve el seguro una y otra vez (3). Repite (4). Se sienta. Todavía siente que está abierta (5). Cuando está a punto de (6)... Gabriela le agarra bruscamente el brazo, forzándolo a acostarse. Klaus no se siente seguro en su ecosistema, y mucho menos en la 22 en Santurce, donde está rodeado de prostíbulos, puntos de drogas, prostitutas (que no vienen mal de vez en cuando) y tecatos. Se siente perseguido, vigilado. Piensa que pueden entrar a la casa en cualquier momento... Por la puerta que solo tiene un candado oxidado (7), por la ventana del otro cuarto (9), por la puerta de abajo que se conecta, al techo... (10), él no para de escatimar posibilidades de cómo lograr un escalamiento en el lugar. Siente que la puerta está abierta, pero se acuesta esta vez. Su cerebro le pide descanso. Estas paranoias son parte de su imaginación, son resultado innato de su doble vida, casi una década dentro del sistema. Sus neuronas no pueden más con la presión creada por los excesos. Día y Noche no se paran de mover, como una máquina que no para de generar, pero él no piensa parar por el momento. Necesita dinero en la billetera. El estilo de vida que lleva no es económico, aunque no tenga lujos. Se para a verificar por millonésima vez (11). Verifica el candado y todo está en orden. Para él solo parecen ser tres veces de esta constante repetición, tú contaste (11), pero en realidad, ya van 23 veces. Estoy a punto de amarrarlo a la cama o al sillón así lo mantengo lejos si vuelve a salir su obsesión.

[last lines]
Howard Hughes: [repeating over and over again] The way of the future...
The Aviator (2004)

Capítulo I
La noche

Bill: "His outfit with the big red "S", that's the blanket he was wrapped in as a baby when the Kents found him. Those are his clothes. What Kent wears – the glasses, the business suit – that's the costume."
"You would've worn the costume of Arlene Plympton. But you were born Beatrix Kiddo. And every morning when you woke up, you'd still be Beatrix Kiddo...I'm calling you a killer. A natural born killer. You always have been, and you always will be." - Kill Bill vol. 2

Klaus no logra dormir, NO PUEDE PARAR DE PEN-SAR (12), en cómo expandir la monetización de sus "mulas", adquirir dinero y romper paradigmas sociales al sentirse tan ajeno del contexto. Conecta puntos, crea redes de múltiples soluciones y posibilidades, aunque no se encuentren. Convierte los momentos, más insignificantes para muchos, en hechos que marcarán su vida, creando un enlace neurológico junto a la cadena de su memoria. Klaus tiene memoria fotográfica, no olvida una conversación, un gesto ni una expresión. Los utiliza a su ventaja en su juego con peones. Maneja la información pasada como una forma de extorsión de bienes a cambio de su silencio. Su porcentaje de exactitud en términos de deducir el resultado de una situación o de una persona sigue incrementando con el paso del tiempo.
Al sufrir de una apatía total con sus alrededores, Klaus prefiere mantenerse en las cercanías. Observándolos puede inferir qué comieron ese día, si lo hicieron. Por su ropa pue-

de distinguir entre las diferentes escalas sociales, posibles amistades y parentesco de acuerdo al apellido. Ve todo desde una perspectiva terciaria, dando otra rotación exterior a sus alrededores, permitiéndole escatimar a través del lenguaje corporal, del manerismo y de la interacción con otros seres su próximo cliente. Lo curioso de su persona se marca en la integración con otros seres. La interacción no le es difícil en su línea de trabajo. Klaus se dedica a la distribución y al contrabando de la mayoría de la producción de cocaína, alucinógenos, hierbas y rolas del área Metro. Los tiene dispersados por diferentes puntos y mulas para así mantener su identidad en anonimato.

Aprende esa táctica al leer "The Great Gatsby", estudiando cómo funciona el mercado negro y cómo a través de la palabra y la mentira puedes adquirir un nivel de posicionamiento jerárquico mayor. Como, por ejemplo, cuando a Gatsby lo desnudan con preguntas acerca de todas sus fortunas que fueron creadas a base de su "Silver Tongue" (noun: a tendency to be eloquent and persuasive in speaking), y su adquisición de poder de una manera ilegal hasta catapultar a una posición social privilegiada para establecer su hogar en East Egg y tener a Daisy al lado opuesto del lago. Gatsby puede divisar la mansión de Daisy por el farol verde de su muelle privado, en el cual se refleja la luz verde al final de su túnel (Inteligente en sus tácticas, pero debió quedarse con Nick Carraway, "A better catch, Don't you think you, old sport"). Pero fuera de este renglón, él ve al homosapiens como un ser alienígena de otra galaxia. Al correlacionarse con cercanía a otros individuos, su frialdad aumenta y solo ve números y signos de dólares encima de las cabezas de los otros individuos en proximidad. Al tener dominado el lenguaje de las jergas o mejor conocido como el "lenguaje de la calle", puede alcanzar un público mayor.

A pesar de que Klaus tiene un parecido con Harry Potter, su postura y lenguaje corporal no intimida a las personas de barrios ni de residenciales. Crea una conexión directa con un suplidor de gran escala, siempre tira unos chistes de su presencia humorística, forja confianza con sus contactos a través de su carisma. Al tener una mejor comprensión de la lengua, Klaus puede adaptarse a cualquier persona, sin importar el país, la región u origen. Pero como resultado, Klaus se siente como un narrador omnisciente, siempre observando de la cuarta pared. Al pasar del tiempo, logra descifrar a leguas todo lo que dirán los sujetos a examinar. Sin importar si es intercar bienes de piedras marrones o una simple conversación, convierte su postura en una preferible, pero no le brinda ninguna de satisfacción además de la razón.

Lleva decodificando a las personas desde muy temprana edad, su autismo intensificando. Durante el trayecto de su vida, su interacción con el exterior es mínima, prefiere encerrarse. Los años pasan y prueba alucinógenos. Klaus lee, primero en un estudio hecho en California y otro en Hungría, que el LSD sin las cualidades psicotrópicas logra curar el autismo en su inmensa mayoría. Después de meses investigando y ya completa la lista de drogas que quiere hacer antes de los 21, a los 17 empieza experimentar con los alucinógenos. Desde Peyote hasta Cohoba, su cosmovisión y sus alrededores expanden, pero el precio a pagar es su noción del tiempo.

Para Klaus, el tiempo siempre es distante; 15 minutos es el equivalente a una hora dependiendo del lugar. No tiene conocimiento del día que es. Asumo que el efecto farmacocinético del exceso de experimentación y mezcla de sustancias debe ser agudo al no responder correspondientemente después de un mes de retiro de uso. Aunque tres meses es el mínimo de espera. Al menos ha mejorado en término de conductas comparado a su comportamiento errático de comienzo. Sospechas crecen que utilizaba las rocas celestiales por un periodo de tiempo. Pero limpia su nombre enseguida de tal rumor. Es sólo que querían ver con quién se enfrentaban. Él no da cara, pero envía alguaciles y no los popos.

Después de eso, Klaus, aprende a controlar mejor sus emociones y las energías generadas y sentidas por personas ajenas. Al tener esta condición o padecimiento, el paciente siente en profundo las ondas y lenguaje corporal de las otra personas, lo que conocen los budistas como el aura. Klaus, bajo conceptos espirituales, es considerado materia viscosa negra. A pesar de todos los cambios, muchos piensan que es un ser siniestro y ecléctico. Teniendo mejor control sobre esto, Klaus se desarrolla en su ecosistema. Ya no es un renegado, sino otro camaleón que se escabulle dentro de las masas para beneficiarse de las aceras de esta ciudad llena de arsénico. Klaus vuelve de sus paredes, mira la hora 3:37. "No aguanto más", me dice. Va directo al botiquín del baño, segunda tablilla, saca la prescripción de Xanax/Alprazolam de 2 mg, asegurando su tranquilidad en 30 minutos para así por fin poder descansar, ya que en la mañana va a tener que caminar a la Universidad del Sagrado.

Capítulo IX

Bad people with good intentions
And ain't nothing in this world for free
No I can't slow down
I can't hold back
Though you know I wish I could
No there ain't no rest for the wicked
Until we close our eyes for good --- cage the elephant.

"Éramos un colectivo de individuos de zonas familiares. Nuestra misión era mantener el 60% del mercado entre nosotros. El otro 40% se va a dejar al mercado libre, para tener un balance equitativo los diferentes territorios. Sólo podíamos usar el 25% para beneficio personal (solo cinco por ciento ugh, por algo tengo canas). Ese cinco por ciento es para beneficio personal y forma de ingreso constante. Será equitativa con tus mulas, las ganancias sino mayor para ello, pero sí tienen que doblar el dinero (generar ingreso neto de vuelta, más la misma cantidad por encima). De esta forma hay una relación equitativa entre tu mula y tú. Así permaneces en anonimato o como una figura enigmática dentro del mercado. Así manteniendo a todos incógnito, ahora paso número dos" Klaus le dice a los cuatro. "Necesito su firma al lado de la x, en la parte derecha del papel confirmando su orientación sobre el programa. Si no firmas alguien estará abajo para ponerle una bala en la área craneal." La carta denomina confidencialidad. "Si sales por la puerta sin firmar, estás irrumpiendo con el"agreement" ¿no crees?" Ellos se ríen. "Para los que estén dispuestos a continuar, welcome to Grim's Emporium. Gracias por su cooperación, alquimistas y desertores de la moral. En el contrato que firmaron condecoran dos reglas, Regla #1: No puedes matar a niños bajo ninguna circunstancia, a pesar que esto es solo entremeses para una juventud imparcial. Hay momentos en los una bala se puede oír en la cercanía. Debajo de la mesa encontrarán un fierro, el mismo sólo lo utilizarán en tiempos de extrema necesidad o su propia eutanasia. Además, dice en letras pequeñas, de ser así debe poner una bala directamente bajo su rostro hacia su cerebelo, provocando su muerte instantánea. Regla #2: Nunca utilizar el material de dispersión bajo ningún costo. Con eso concluyo los elementos primordiales y necesarios dentro de este consenso. El arma de preferencia siempre será la navaja mejor conocida como el cuchillo, es efectiva y silenciosa. Más se puede adentrarse a muchos lugares de la nocturna. Buenas noches."

Se limpia sus manos después de saludar a todos. Klaus camina hacia la puerta notificando al waiter lo que tenía que hacer si alguien se opone a la proposición. Todos firmaron debajo de su nombre con una frase de una película o alguna letra de canción para así no delatar su origen.

Gabriela: a.k.a. La reina

Tiffany: I was a big slut, but I'm not anymore. There will always be a part of me that is sloppy and dirty, but I like that, just like all the other parts of myself. I can forgive. Can you say the same for yourself, fucker? Can you forgive? Are you capable of that? - Silver linings Playbook

A mi derecha en la cama se encuentra Gabriela. A diferencia de muchos, ella usa todas sus armas para su beneficio; desde intimidar por su estatura de seis pies, o empezar a jugar con el pelo y decir "¡En serio!" Los pendejos siempre caen redondos. Ella se puede describir como con cuerpo de sirena y un pelo lacio castaño. Su estructura es similar a una mujer nórdica, factor que se refleja en su actitud terca, pero su mente fuerte y fría en términos de emociones. Eso se ve en algunas veces que ella y yo esperábamos con tranquilidad en la Laguna, velando si salía el cadáver que le pertenece a un amigo cercano nuestro. Su rostro es de facciones suaves, el acné sólo florece en verano.

La mezcla de su compostura, sonrisa agradable y personalidad rough pero gentil alude a los punkos, sus bolsillos siempre repletos en un martes bueno. Es el único sector en el que Ella tiene dominio mayor; El Local, La Respuesta y parte de Santurce en términos de clientelas, pero poco a poco me voy nutriendo y ahora dividido ganancias. El contacto ha cambiado, pero mantengo amnistía dependiendo del flujo del día. Mas las estadísticas siempre marcan 40% para mi lado y 60% al de Ella, al ser su sector por el momento (eso cambiará pronto, con la entrada del próximo bachillerato). No tenía problema con el lack of money esas noches. Entraba sin tener que mover un pelo y Ella los hipnotizaba sin importar la calidad del producto. La mayoría está en codicia con su figura. Ella, al final del día, siempre vuelve a mi cama.

Para Gabriela solo es beneficio. Ella se encuentra en el centro y en todas las ocasiones tiene que colocarla (repetición), o mejor dicho, tiene que bajarla al suelo (capricornio al fin), casi siempre por muchas razones (se creía insustituible, no era cierto). Pero a pesar de todo no puedo alegar sus capacidades en el juego. Da preciso y conciso, por eso siempre le suplo a ella material escurridizo. En su mayoría es polvo pa sus narices, o algo por la tangente.

Barbie: a.k.a. El Arlfil

Let's make some music make some money find some models for wives.
I'll move to Paris, shoot some heroin and fuck with the stars.
You man the island and the cocaine and the elegant cars. – MGMT

Imagínate el típico rubio de pelo largo rizo, californiano. Ese es él, y cómo lo odio, pero trabaja sin fallar. Sagrado es una de sus bases principales, siempre habla inglés, nunca español (una táctica de venta). Su otra base es en Condado cerca del Supermax interceptando con la calle Loíza, o creo que era la calle Ojeda. No estoy seguro. Mi memoria es vaga de la localidad, pero no de los eventos. En esta área, genera su ingreso neto en especies. El resto se hace entre una combinación de rolas y alucinógenos que vende a precios módicos con margen de ganancia decente. Su participación es vital para tener representación llamativa en ambos mercados. Barbie tiene fama de que sus productos son los mismos o de buena calidad, en otras palabras, nunca son malos (manteniendo un steady flow of income). En la escala está clasificado número cuatro de los top dealers de la isla. Se mueve por la mayoría del área metro. Su otro fuerte es el oeste, pero de ese lado no vemos ganancias. Como alfil, se mueve de forma diagonal. Traicioneros de doble filo, el ojo no se desplazaba de este, no es de confiar.

[x] Coscu: a.k.a. El Peón

"Tienes los ojos azules y te los voy dejar negros" - Ñengo Flow

Gabriela ve a Klaus alterado con El Peón, desde la ventana del apartamento. "Creo que por vez número nueve va estallar su cabeza dentro del manubrio, de nuevo. Wait for it, wait for,.... Yup (10), me voy a acostar. Esto tardará rato" resuelve Gabriela y apaga la luz, como si nada ocurriera. Queda dormida, está acostumbrada ya a este tipo de conducta de parte de Klaus. Dentro del carro, Coscu, con su rostro lleno de sangre y su nariz desmantelada, es ofrecido un pañuelo por parte de Klaus con sus iniciales reales. Coscu lo coge y muestra gratificación para tratar de bajar sus humos. Esta vez Klaus tiene razón y deber tres cargamentos de dos kilos de coca no es una mirada placentera hacia el horizonte. Prenderá en fuego cualquier lóbulo. Klaus le dice "La tercera es la vencida", le da un eight ball de talco para narices y se baja del carro.
Le dice antes de subir al apartamento "Si fallas esta creo que no, voy tener que desactivar tu cuenta como socio" (lo que él no entiende que dice [{x} ejecución=El socio tiene 3 oportunidades al fallar la tercera, sus dedos serán cortados y su cuerpo completo estará lleno de cemento de pies a cabeza para asegurar una posibilidad de sobrevivencia [sarcasmo]). "Buen dia - Memo #45" Coscu nunca lee el memo. "Siempre lean los memos. I guess que por algo eres El Peón, estás en

prueba. Buenas noches."

Dos semanas después es reportado que encontraron su cadáver en la pradera. Su estómago lleno de piedras, reportan. Sus pies están cubiertos en cemento. No tiene dientes ni dedos. Lo identifican por un número telefónico de su madre, que encontraron en el bolsillo. Al contestar el teléfono, le da un pequeño infarto que la envía al hospital por tres días. Ahora está en estado de recuperación. (Siempre hay algo, que se puede hacer, él sonríe). Nunca se encontró evidencia de quién comete los actos (gracias por el cumplido). Klaus saluda al televisor que está en el canal cuatro al apagarlo. "Ese egocentrismo excéntrico, ugh..." dice Gabriela mientras ve todo pasar. Klaus le da un beso en el cachete. Le dice que ya mismo es hora de actuar. La luna se aproxima y con ella, manto blanco de múltiples fundas convertidas en papel verde. "Prepárate, belleza, para endecar." Ella lo mira irse desnudo a darse un baño, se ríe porque siempre hace lo mismo. Un patrón que nunca va a notar.

Para razones de mantener su localidad en secreto, la descripción de este personaje será una vaga, ya que sus quehaceres son delitos federales (sólo documentos, el gobierno exagera todo un poco).

Mclo a.k.a. El caballo

"I understand what you're saying, and your comments are valuable,
but I'm gonna ignore your advice."
- Roald Dahl, Fantastic Mr. Fox

Es la pieza de envergadura. Crea, en su cuarto, todos los documentos utilizados para vender a un grupo de una variedad de países que no se van a mencionar (sólo el mangú se conoce de ellos), para exportar trabajadores a las costas de esta isla. Para ingreso cíclico, a través de él se crean IDs para menores de edad. Es una venta de necesidad si tienes menos de 18. Él trabaja junto a mi tío que para el momento era head del DEA. Mclo me equipa, con el intel para los profiles de cada semana o si ocurre algún cambio. (Todo porque lo cogí, a tío, pegándoselas a mi tía con su mejor amiga.

Ella nunca se enteró y después creamos una mejor amistad.) Además, suple su información de las áreas en las que habrá encubiertos y bloqueos. Cubre todas nuestras áreas de importancia, Río, Santurce, Cataño. Su trabajo era el de "El caballo", mantener el conjunto informado para darnos tiempo a formular algún método de adaptación (si era posible) o si no, movernos con rapidez hacia el próximo lugar de venta. Otra de las reglas es si algún lugar quedaba contaminado, tenemos que rodar hacia la próxima localización. Mclo, sin embargo, nunca se mueve. Siempre tiene tres manos debajo de él asegurando su seguridad de acuerdo a su income directo. Todo es en persona. En términos económicos, es el más estable de todos; al ser extraído a cuna, tiene los mejores productos y materiales para la falsificación o creación de cualquier documento (además de acceso directo a los laboratorios de la UPR para conseguir los materiales necesarios para crear el LSD). Es mi figura favorita.

Klaus a.k.a. Jetulio Vargas

[rubbing his thumb and forefinger together]
Mr. Pink: Do you know what this is?
It's the world's smallest violin
playing just for the waitresses. - Reservoir Dogs

Es uno de los amantes fructíferos de la reina. Animales de la noche, sólo nos estrujamos por conveniencia. Eso llena de vida nuestra relación. Las descripciones están en estas páginas, hacen una sinopsis de mi persona. Dar vueltas en el mismo ciclo parece repetitivo y como una reduplicación aguda que puede causar discordia, ¿no crees? Los únicos detalles adicionales que puedo brindar a la mesa son simples. Mi libro favorito es "A Series of Unfortunate Events by Lemony Snicket". Mi pelicula favorita es Little Miss Sunshine; amo la escena cuando el hermano le dice a su tío "Life is one beauty pageant after another." No sé correr bicicleta, me gusta el cine y los libros, odio las historias con plot inconclusos, provocan que mi esófago convulse. Director favorito, estoy entre Gus Van Sant y Quentin Tarantino, todavía no he decidido porque uno es un director en completo y el otro es screenwriter en vías de ser un excelente director (Aunque Gus es bello, pero eso no cae en el listado de criterios). Aparte de eso lo demás es bastante cotidiano en mi vida, me levanto, vomito, me lavo la boca, voy a la universidad, despacho mercancía (no aprobada por la FDA), no veo nada fuera de lo cotidiano, dentro esta ecuación. ¿Tú sí?

La reina: Klaus manipula en constancia sus alrededores para su beneficio personal. Al tener memoria fotográfica, crea historias para cada persona y nunca olvida la mentira que ha dicho, crea esta secuencia de paralelos múltiples, además de múltiples personalidades. Lo curioso de todo es que el mundo cree sus historias (algunos tienen dudas con sus desenlaces). Nunca rompe el hilo, mantiene un mismo tono, manerismos pre-establecidos y expresiones cada vez que las repite. Evita la duda e incertidumbre sobre sus relatos, hasta el punto que en las memorias de las personas que lo oyen se convierten en realidad. Cuenta todo con una seguridad similar al de Mussolini, la que en el momento me hace sentir un poco incómoda. Pero lo más curioso del asunto es que a pesar que siempre es una persona diferente con todo el mundo (incluyendo conmigo) siempre retiene su misma esencia alrededor de todos, evitando conflictos entre sus diferentes subgrupos. ¿Sociópata, no crees?

Capítulo II
Alba

"They say that God is everywhere,
and yet we always think of Him as somewhat of a recluse."
Emily Dickinson

"Mira el reloj, ya son las 6 am… son las 6:10(13)" le dice a Gabriela. Se pone boca arriba en la cama tratando de calmar todos los malestares que trae abrir los ojos. Espera cinco minutos, se da su "bowl" mañanero y trata de relajarse. Los músculos y sus escápulas bajan un poco su inflamación y vuelven a su lugar. Su cuello da media vuelta, lo destranca. Es rutina. Estrella la mitad de la vértebra en un intento. Al instante, le sube un buche y sale corriendo al baño, votando sulfuro de un cañón de la noche anterior, en todas direcciones, múltiples veces, encima del agua del retrete. Klaus continúa tomando y fumando especias en el baño por veinte minutos mientras se acostumbra o sale del trauma que llaman el despertar. Se levanta del piso y se cepilla la cavidad bucal con cuidado de no causar una erupción adicional. Escupe en el sink. Se mira por un segundo en el espejo.

Ha bajado de peso, ha dejado de comer, prefiere sustituir sus necesidades alimentarias con drogas y pastillas (más drogas, sonríe al realizar esto). Sus expectativas de vida máximas son de 36 años no más o tal vez menos si continúa con esta rutina. Klaus se ve obligado a despertarse antes de tiempo, dos horas antes de lo necesario, para poder tolerar su existencia. Su columna vertebral pide la dosis recomendada por su psiquiatra. Va hacia la nevera arrastrando sus pies, abre el refrigerador, obtiene una botella de agua. Se sienta en la silla y ve una libreta, dentro de ella su receta para el próximo mes. Lee: "Xanax 2mg qid x 30 d, Prozac I cápsula al día por 30 días, 2 tabletas de seroquel de 300 mg qid x 60 por 30 días."

"Los médicos (mejor conocidos como profesionales de la salud) quieren que yo consuma 120 tabletas de Alprazolam/Xanax en total al mes, siendo el equivalente anual de 1440 tabletas, al igual que el Seroquel/Quetiapine fumarate, para un total de 2880 tabletas en el periodo de un año. Saludable dosis para mi páncreas." Mira con hastío los frascos de prescripción, leyendo sus efectos secundarios y contemplando las consecuencias próximas a llegar. A pesar de que Klaus se toma la seroquel en la Luna para domar al oso, él prefiere evadirla (especialmente la LX), por su "aftermath" rotundo y efectos secundarios que hacen sentir a Klaus como uno más junto a la pradera. Un fantasma caminando en la ciudad lo agarra para no resbalarse fuera de su realidad. Klaus abre su botella de agua, toma de desayuno la Prozac porque es cápsula primera(14). Después traga las dos tabletas juntas con mucho líquido para no pensar en que su cuerpo se está intoxicando. Por el momento, es la única forma de calmar sus ansiedades e iras del diario vivir...

Capítulo III
Caminata

"He visto infrarrojos Sobre Mi Cuerpo colocados iiieeehh
y para dispararme no sé por qué
tiemblan Tus Manos
Caminando Por El Sendero del egoísmo
"Donde personas se Hacen, daño hasta a sí Mismo." - Omega

La 22 relata su propia ficción, un laberinto con multiplicidad de criaturas que se dedican a diferentes comercios. Los lugares de monetización son La Respuesta, El Local, Vatican... todos quedan cerca de la 22. Sus aceras llenas de jeringas, copos abiertos, utilizado para endecar el crack que se fumaron esta mañana. Los guardias de seguridad hacen fiesta antes de abrir la escuela (mira cuánta fama tienen por ese baking soda). Las prostitutas, después de que salen de su trabajo o estudio diurno, se preparan para anidar en las calles de Santurce. El mercado está dominado por los transexuales, mostrando la diversidad de la proximidad y el estado mental de sus alrededores. Considerados desertores de la moral, yo me alojo junto a ellos y me siento en familia, sin juicio. Son mi mercado principal en el área de Santurce. Su consumición mínima de rocas celestiales es de $30 mínimos (sin contar el bono).

Estas calles son extrañas al principio, pero después se ven todos los eventos como cotidianos. Se puede observar como diferentes especies en un mismo terreno encajan en paz, el nivel de respeto entre ellos es admirable. En ninguna forma estoy implicando que se mude a Santurce, pero si es de los que está en constante movimiento, es una opción tribalista digna de ser vista (al menos pienso yo, uno debe tratar de cohibirse o adaptarse a cualquier situación, casi siempre momentánea). En las cercanías de estas veredas, el olor a orín con sudor de usuario que le hace falta un baño desde hace un mes siempre está presente, similar al olor del salitre en la playa con esencia llena de putrefactos, penetrando tus fosas nasales, haciendo difícil el acto de respirar. Muchos alegan que el origen de su olor son los cadáveres arrojados en la laguna al lado del lugar, creando una espesa nubosidad en el agua que, por un segundo, parece de origen semántico. Las

carreteras de la 22 están intercaladas unas con otras en una especie de redondel, para que si no eres del área te puedas perder con facilidad y te puedan asaltar con la mayor tranquilidad.
Ahora sí...

Capítulo IV
La Caminata

"Oh mother, tell your children
Not to do what I have done
Spend your lives in sin and misery
In the House of the Rising Sun"
-House of the rising sun by The animals

Klaus, al salir del terrible calabozo en el que se aloja, sale de la 22 en dirección al Sagrado. La luz entra a sus ojos, el prisma del mismo lo deja ciego. Al tener una deformidad desde el nacimiento en la córnea, se tarda en ajustarse a la luz del día. Su oftalmólogo siempre recomienda que use gafas hasta después del mediodía (típico Klaus, decide ignorar el consejo). Como resultado, el filtro opaco de su ojo es deslumbrado por excesos de luz y le toma minutos acostumbrarse a la iluminación del día. Baja las escaleras de su apartamento, abre el portón corroído y dobla a la derecha en dirección hacia la universidad. Contando los pasos y cuadras para estar seguro de no perderse en estas calles, se encuentra con La Respuesta de frente. Dobla a la derecha y mide sus pasos para ajustar su distancia con la carretera, asegurando la localización por donde está transitando. Klaus mira a sus alrededores, analiza los diferentes estereotipos en sus cercanías para descartar un posible asalto, ya que no confía en estas carreteras y mucho menos las de Santurce.

No tiene ningún tipo de miedo directo a nada (excepto a la verdad de sus historias), pero tampoco confía en nadie cuando carece de un lugar de origen estable. Huérfano desde la edad de los catorce, tiene que vivir en la metrópolis de piedra, por mucho tiempo, solo. Maniobra una gama de trabajos, desde las barras llenas de escoria en los baños hasta bouncer en los puteros más escandalosos. La paga siempre es igual, por debajo de la mesa, hasta que llega a la edad de los 18. Siempre está dentro de su mente, creando posibles escenarios y cómo interactuar en los mismos, poniéndose en diferentes posiciones de ataque, o posibles conversaciones y múltiples posibilidades de cómo salir de ellas. Nunca para de hacer esto (durante estos tiempos, antes no era así). Al vivir tanta travesía, desarrolla un sentido de awareness por sus alrededores, un instinto precario de constante guardia, similar al del león cuando se siente amenazado dentro de su manada.

Como resultado, su apatía incrementa, cultivando un sentimiento de desasosiego con su manada y sus alrededores. Pero como beneficio, ve todo tipo circunstancia como una mecánica, y siempre encuentra una solución. En un estado sereno, al momento de ejecutar sobre ella, se da ventaja sobre las masas al no estar hueco o perplejo por el instante. "Una, Dos, Tres, Cuatro, Cinco (14), cuadras" declama Klaus. Mira a su derecha donde el Sagrado se encontraba, casa de la diversidad bohemiana. "Un arrabal lleno de jóvenes de cuello blanco que expanden mis bienes raíces, listos todos a caminar por la fila de desempleo con gran felicidad." Klaus sonríe y se adentra al Sagrado.

Capítulo V
The Benches

Dorothy: How do you talk if you don't have a brain?
Scarecrow: Well, some people without brains do an awful lot of talking, don't they?

Después de subir la cuesta que se siente infinita del Sagrado a esa hora de la mañana, Klaus se encuentra en directo con los banquitos. Ciudad capital dentro de la universidad del Wake and bake, esta es la regla de oro en estas parte durante los horarios 6 am - 10 am, después van a comer brunch, o en otras palabras sushi (ugh), para saciar sus antojos. Para Klaus(que odia sus alrededores), es hora de recolectar en esta área de Santurce. Él tiene una mula personal y dos o tres clientes con quienes siempre se encuentra fuera de la institución.

Sin embargo, su mula tiene 50% del mercado. Se llamaba Coscu, un caso extraño él dice. Klaus no sabe si es bi o se hacía, pero le tira a todo lo que camina en dos piernas (incluyendo a esta servidora). El otro 20% del ingreso neto lo tiene Barbie con su pelo reluciente igual que el de Rapunzel (ugh, too wannabe for my taste), dejando solo un 30% para el restante del mercado. El problema con Coscu es que su nivel de consumición de bienes a veces es mayor que su escala de ingreso. Se olvida de lo que gastaba al tratar de poner toda mujer que se le acercara adelante. El visualizaba que de esa forma logrará entrar en sus faldas (muchas lo dejan), pero ellas sólo le muestran el "cleavage", para sacarle ganancias (inútil). Con todo y eso que el sujeto parece un anacrónico cromagnon de otro mundo, tiene dos hijos dentro del campus (sin contar las sanguijuelas por el lado). Pero siempre dobla el dinero, y eso mantiene a Klaus contento. Como siempre dice, "Su vida personal no es mi problema, sino el vacío que dejan en mi cordillera($)" - Jetulio Vargas. Lo más que se distribuye en estas partes son las "flores", otro nombre para marihuana tipo "Creepy". Klaus se sienta en la primera sección de los banquitos, para así tantear bienes en calma y diluir las resacas de días anteriores. Los banquitos están divididos en dos lados.

Cada lado cuenta con la misma cantidad de bancos, con una capacidad máxima de 120 personas(16) , y en un ambiente con árboles y fauna, relajante para conversar (qué pena que no haya nadie). Cada banquito tiene la capacidad para sostener 5 estudiantes de pesos distribuidos, sin ningun tipo de incomodidad(17). Los benches están divididos en subgrupos; como si fuera un episodio de "Glee". Hay diferentes cliques en el campus. Klaus no puede amedrentar ese pensar. "Los quemados", sentados en los últimos banquitos de la izquierda, llevan en un bachillerato más de siete años de trayectoria y se dedican a filosofar sobre cómo la institución está en contra de ellos a través de la reflexión moral que los rodea. Klaus tiene mil historias graciosas de conversaciones vacías que no llegan a ningún censo y pensamientos vacíos que no tienen ningún tipo de lógica o base (se nota que te cohoba estuvo buena en esa sección).

Pero su ingreso neto es uno respetable ya que la mayoría

tiene oficios casuales, pero siempre dinero en mano. Al frente suyo, se encuentran los interraciales y grupo de dominio mercantil de Barbie. Está compuesto de diferentes personas de cada subgrupo que se unen en esos tres banquitos, angulados, dos de ellos verticalmente y uno horizontal para así no darle la espalda a nadie. Lo llaman el círculo de la igual. "Ni que fuera esto la mesa redonda" piensa Klaus, mirándolos con disgusto. No paran hablar de diferentes temáticas relacionadas a los medios populares. Falta que saquen su espada y reciten su elegía al Arturo Rey. Klaus ya ha bebido un six pack para tolerar la multitud (no lo entiendo a veces). A la izquierda de Klaus, se encuentran los bohíos. Pasa dos veces en semana a recoger dinero y dejar mercancía, ya que Coscu siempre se encuentra en estas cercanías, con sus bocinas altas y cantando como un borracho en karaoke (con tono horripilante).

Pero por alguna razón Klaus encuentra esto gracioso, aunque para el resto sea sólo patético. Así el divide sus particiones con Coscu, dejándole el mercado de los cacos como su base de control por solo el 55% de sus ganancias. Klaus con esto gana un poco de tiempo para él mismo, para descansar de su doble vida que lo tiene ya adulterado. Los banquitos tienen una división en el medio, por la cual ni por obra, ni por gracia del Espíritu Santo Klaus pasa. En el medio se ubican los hippies y eruditos de supermercado, "que lo tienen todo, pero nada lo han pagado" - Ricardo Arjona. Con un afán por el arte de "hablar mierda" y vociferar profecías sobre utopías imposibles de realizar, ellos llaman a esto meditar o filosofar como los quemados de la otra esquina. Klaus lo llama pura mierda. Pero este es el grupo de más income por cabeza, porque siempre quiere encontrarse en un estado ideal de constante espiritualidad. Una sonrisa cae del rostro de Klaus al tener este pensamiento.

Beatrice a.k.a. Enze

Howard Hughes: [doesn't hear what Kate says] Excuse me?
Katharine Hepburn: Well, if you're deaf, you must own up to it. Get a hearing aid, or see my father. He's an urologist, but it's all tied up inside the body, don't you find?

Howard Hughes: Mmm.
Katharine Hepburn: Me, I keep healthy. I take seven showers a day to keep clean, also because I'm so vulgarly referred to as "outdoors-y." Well, I'm not "outdoors-y," I'm athletic. I sweat! There it is, now we both know the sordid truth: I sweat, and you're deaf. Aren't we a fine pair of misfits? - The aviator

Abstracto por dilución

Klaus trata de descifrar al ser que está puesto frente a él. Una flaca andrógina del traje rojo, le pide un cigarrillo a él en específico porque el resto de la población tiene menthol y Ella lo detesta. Klaus inhala una última cachá fuerte del cigarrillo y abre su bolso de cartero saca su cajetilla marca "Cáncer". Ella lo complementa con que le acuerda a goth kid de southpark, que siempre está fumando, porque así lo observa siempre en estas cercanías. Klaus, anonadado por su presencia sin entender la razón, nota que su espalda es una ancha. Que le da una figura muy particular, deduce que se debe a años de natación o algún deporte similar. Ella enciende el cigarrillo deslizado el humo por su rostro. A la mente Klaus esta frase ocurría "Humo en su rostro esclarecía, vaquero era la labor de su día". Cada vez que trata de adentrarse en ella, se ve él mismo, en el fondo, esto nunca había ocurrido con otro ser. Ella, declama un comentario, que capta su atención. Habla de la seroquel y cómo tumba rinocerontes. Al instante Klaus muestra una sonrisa, menciona cómo el sistema psiquiátrico en la Isla es una falacia. Cualquier individuo puede conseguir lo que sea con las palabras correctas. Ambos sonríen. Por primera, vez siente algo más que empatía por un ser dentro de esta pradera. Ella termina su cigarrillo, Klaus, mira el reloj y marca las nueve am, tienen que ir a clase. Ella, agarra su bulto y se pone su jacket de flores negro. Le dice a Klaus: «by the way mi nombre Beatrice, gusto conocerte, nos vemos en el futuro distante.» Klaus la observa irse a lo largo de los banquitos, cuestionado por un segundo quién será esta silueta que emerge de rojo, negro y flores. Mira reloj son las nueve y uno, es hora de llegar al salón tiene 14 minutos antes de estar tarde(18).

Me dormí dos veces antes de poder terminar de leer esto, que babosada… Klaus es tan princeso, que no lo entiendo a veces.

Capítulo IV
La noche o parte de ella

"Every Night and every Morn
Some to Misery are born.
Every Morn and every Night
Some are born to Sweet Delight,
Some are born to Endless Night. "
-William Blake, Songs of Experience

La luna:
Klaus endeca los diego, mientras Gabriela hace los veinte para agilizar su movimiento. Tienen reglas estrictas sobre este quehacer, no puede tomar más de diez minutos o se van con lo que tienen al momento. Al vestirse no pueden tardar más de cinco minutos, incluyendo maquillaje. Los baños no pueden pasar de 4 minutos o serás verificado por el acompañante, en este caso Klaus o Gabriela. Su relación es un tanto confusa, no se sabe en realidad qué son. Si mejor amigos (1), amantes o solo estaban pasando el tiempo hasta que ocurriera algún desenlace (2) (yo creo que la tres). Pero de alguna forma no siempre es violenta, si hay momentos de confrontación entre ambos, pero son basados más en qué comer y profits. Típica pelea entre capricornio y leo, uno puro y el otro mixto, pero ambos diluidos en uno y el otro de una forma eficiente aunque no necesariamente saludable. Gabriela utiliza sus párpados y Klaus sus palabras para ganar el debate. La absolución casi siempre acaba en un desenlace que… no me interesa narrar.
Ambos son como hermanos. De cierta forma se protegen de forma ruda, hay siempre afecto en el fondo de las acciones de ambos. Pero, ya, con las cursilerías, ¡ugh! Ambos están listos con sus gramos a vender esa noche. Lo único que preocupa es la lluvia. Que le puede desmantelar el talco en tan solo segundos, tendrán que pasar por el proceso de mezclarlo con cafeína,(es una práctica muy común en

el mercado) Klaus, para estas ocasiones, siempre utiliza algún tipo de camisa de botones debajo de su jacket de algodón, color vino(19). Tiene un bolsillo en la parte inferior de la camisa, el mismo era de doble textura e impermeable, siempre lo pide con esas especificaciones(20), por eso tiene poca ropa. Gabriela por otro lado, utiliza el brasier, para guardar la mercancía en ambos de sus senos. Para tener un stash para los nuevos y otro para la clientela preestablecida que siempre es muy agradecida. Ya están listos, bajan las escaleras saliendo del laberinto con escatimado de 22 gramos para esa noche. Eso en dinero son 660 dólares, si agarran la cuota completa entre ambos, aunque los martes el mercado sea liviano.

El Local:

Gabriela y Klaus, llegan al "Local", cuna de la distribución de anfetaminas y otros productos nasales, que ellos prefieren evadir. Siempre hay un morón que hace demás. Es el lugar de mayor movimiento dentro de la metrópolis de Santurce a esta hora de la noche. En este momento, Gabriela y Klaus comienzan a dispersarse entre las masas. Ella seduciendo y ganando puntos con su fanática, con su carisma, como recompensa la misma se mantuvo fiel. En el caso de Klaus, ve pocos signos vitales en forma de dolares, signos que la noche para él será turbia y con poca muda para llevarse de vuelta al calabazo. Pero en realidad es su OCD, la noche todavía está en procesos de desarrollarse y no lleva ni media hora en el lugar. Su clientela siempre llega en horas tardías, justo cuando la luna y Dionisio se alinean en una. Listos para deleitarse lo más posible antes de tener que volver a su trabajo usual el mismo que no es fácil de maniobrar.

Dentro del local, múltiples dealers están establecido, en posiciones de ataque, listo para contabilizar sus bienes.

Pero Gabriela, la Reina, llega a dividir el mercado a la mitad. Los mismos dealers van donde ella en algún punto de la noche para que les ayude con su movimiento. Ella accede, pero primero Klaus y Gabriela tienen que estar empty's. Al fin exclama Klaus llego su clientela de misfits, a llenar sus bolsillos, tal vez esta noche no va ser tan mala él pensó, pero siempre dudoso(21). Lo que él no entiende es que siempre llegan en las horas de antaño (su bipolaridad, lo nubla del tiempo, creando ansiedades innecesarias). La escena de Gabriela es más cotidiana, pero más flexibles para coger de pendejos con los precios. Nada más tiene que parpadear un par de veces y decirle que si no le gusta, lo siente y que no tiene más nada que le pueda ofrecer. Los tontos contestan el 80 % de las veces y un momento, terminan comprando mayor cantidad, como una forma de disculparse, ella se ríe. Gabriela, controla gran parte del mercado de punkos, hipster, los que siempre están en la barra hablando de sus problemas, ese es uno de sus territorios de mayor riqueza.

La clientela de Klaus son en su mayoría homosexuales, transexuales y personas de la comunidad, que endiosan las anfetaminas y el mef, él tiene ambos. Klaus se encuentra en el show live adentro de El Local. Gabriela se cansa de los morones y lo alcanza. Antes de llegar a él ve un punko, en overdose en el sillón de los triglicéridos altos. "Suerte que no es mi material," ella sonríe y sigue caminando era un evento común en El Local. Alcanza a Klaus y comparte unas presidentes, siempre su cebada escurre por alguna extraña razón (22). Al momento, las Ardillas están tocando en el cuarto del medio. Klaus se encuentra dentro. Gabriela lo encuentra. Le besa la corteza como símbolo de cariño y escurren más cebada, al menos por los próximos treinta minutos.

30 minutos después….

El show de las ardillas termina, Klaus va directo a barra. Pide dos presidentes, una para Gabriela, una para él. Da la vuelta, dos pasos hacia adelante. En la puerta, una luz lo ciega por dos segundos. La persona al frente de él, se cae al piso, en posición cómica, hacia la izquierda en la bocina del bajo. Klaus, ensangrentado de pies a cabeza, toma un momento para limpiarse el rostro con su pañuelo. Su semblante cambia. Su borderline personality está saliendo. La persona con la pistola es un dealer que le dispara porque le debe dinero y corre demasiado alcohol en su sistema. Después de limpiarse la cara, Klaus ya no es Klaus, sino Jetulio Vargas.

Matura tiembla porque no ve miedo en sus ojos. Klaus agarra la botella que tiene en la mano de presidente, se la rompe en la muñeca, cristales molidos dentro de ella, piensa. Matura, al estar a dos paso de distancia, reacciona al golpe y antes que su pueda ver hacia al frente: su nariz rota y su cuerpo en suelo debajo de la suela de Jetulio. Este mira su camisa ensangrentada con sesos ajenos, se retuerce del asco y la falta de modales, se baja hacia Matura.

«Hay dos cosas que me encabronan en este mundo,» le susurra al oído. "Como estás nervioso, seré breve. Número uno, no empieces balaceras o dispares en lugares pequeños, anacrónico,» le adentra la suela encima de su rostro. "Esto es El Local. Esto, como mucho, mide menos que la mitad de tu apartamento. Pudiste haber matado a otra persona, que no tenía que ver un carajo con la situación." Se despega un poco dejando la suela en su rostro. "Pudiste haberlo sacado, ejecutado en la acera, a nadie le importa a esta hora. Para ir terminando, que me tengo que ir después de esto: la número dos." Los ojos de Klaus se ponen agudos y sus cejas se angulan en una dirección que le crea un semblante perverso. "Odio cuando me manchan la ropa, llenándome de sesos ajenos y aloe concentrada que solo los cadáveres puede producir al morir. No sabes cuánto me retuerce eso, ¿o sí?" le pregunta a Matura.

Antes que pudiera contestar, le desfigura el rostro con un puño en dirección vertical hacia su rostro y da junto en la mandíbula dislocándola al instante. Después de eso, dos más que terminan de deformarle la cara. Sangre empieza esparcir por el suelo al igual que sus dientes, Klaus sale en dirección hacia la puerta. Nadie lo detiene.

Le silva a Gabriela, ella se moviliza, ambos caminan fuera de la localidad, cruzando por el laberinto hasta llegar a su techo. Klaus se desnuda. Mientras él se baña, Gabriela trata de sacar la más sangre posible de su camisa en el sink. Cuando sale, se queda reflexionando un momento sobre lo ocurrido. Continua su rumbo hacia el cuarto, mira el reloj, son las 3:37. Gabriela le dice: "necesitas descansar." Le da un beso en la frente. Se sienta a su lado mañana. "Tienes clases a las 9am." Ella se acomoda en la cama, para el lado de la pared. Así puede ignorar a Klaus y su obsesión con mayor facilidad. Él se acuesta en la cama. Mira reloj de nuevo, siguen siendo las 3:37. No puede pensar, se para, se asegura que la puerta esté cerrada. Se acuesta de nuevo, después vuelve a cuestionarse si la misma está abierta.

Hizo pregunta: ¿Debo de ir a verificar, no? ¿Qué crees?

La ansiedad no se esconde
Se materializa
Debajo, encima, en el techo, en el baño, debajo de cualquier
lugar.
Ella te atrapa con calma, sin prisa
Cuando menos lo quieres, ella aparece
para ayudarte agravar tu situación.
Ella no le importa quién eres ni de dónde viene solo te de-
vora
Tu mente rueda
                    rueda
                              rueda sin parar.
"Trata de dormir, ¡te reto!" ella dice
"¿Ves? Allá ni eso te salva
Ni las Clonazepam que te han recetado
va
    poder
          para
                este
                    derrumbe.

¡De pies!, ¡en guardia! ¡Enfréntame!
¡Ah!, verdad, no puedes ver
¿Qué eres tú y solo tú, más nadie
Avanza, popéate una a ver
si
    por
        fin
            desaparezco

NO
                            soy
                                el
                                    que
                                        tiene
                                              duda.

Hablamos orita, cuando no puedas dormir, no te preocupes.
Acuéstate
Yo a tu lado siempre estaré
                              y
                                  nunca
                                        te
                                            abandonaré."

Diálisis

Aguja entra mi piel perfora
Entra por ciclo de la batidora
Contrastando y filtrando mi sangre
Entrances de fallos renales causados por drogas
No de las que venden en las esquina
Si no las que se adquieren en la farmacia
Aquí viene la segunda
                                    Tercera
Cuarta, respira honda una más esto casi se acaba
Mi anemia se refleja en mi piel
El blanco susto que siento no hay mucha opción
No sé por qué lo intentan
                                    letal es mi condición
Extrayendo más y más, casi me desmayo
El tiempo, las manecillas se desplazan en auricular
Delirio delicioso, siempre hay que pasar
Poco a poco
                mi sangre entra y ella se desplaza por la aorta
que muchos ahorcar
Me deshilan una
                por
                    una es hora de respirar, que ya el proceso
acaba de terminar.

Crónicas de una hija de Zibuco

Enze está sentada agudizando en el lado posterior de la mesa, espera por tomarse la píldora para mantener su balance. La hora no está marcada, el tiempo está entre compases escurridizos y los días se sienten escasos. La angustia emerge en su sistema. Su piel pierde la pigmentación, se cubre con una capa putrefacta que da indicios de algo. Carmen solicita que se tome el anticoagulante popular para evitar la niebla viscosa en su sistema. Su sangre espesa lo solicita, ya que la rabia correrá por sus venas si no lo administra. Enze, confusa y aturdida por el panorama puesto en escena, no puede materializar su futuro cercano.

"¿Por qué debo tomar esto si voy a terminar como ellos en la pradera?", le pregunta Enze a su madre "Camy", como popularmente la conocían. Ella la mira y sonríe, contestándole que es parte del proceso. Llega la hora de la acostumbrada dosis de dos tabletas de 600 mg para adentrarse por el esófago de Enze. Durante el proceso de absorción, sus ojos van recuperando el color. El sentimiento de tranquilidad es notable tan pronto la medicina es absorbida por el hígado, su malestar cesa y su temperamento se nivela.

En la mesa a la izquierda de Enze, se encuentra una libreta. La abre por un segundo, observa la tinta dispersada sobre sus líneas, y declama… "La coumadina, que es el bioequivalente de la warfarina, lidera como producto principal en el mercado para controlar mi condición. Al ser una dosis incrementada, el efecto farmacocinético es agudo y elimina el efecto de la sangre viscosa en mis venas. Ésta misma fue descubierta por la unión de las farmacéuticas Teva y Mylan al tratar de encontrar una cura para este trastorno, pero solo con su tratamiento tuvieron éxito. Para la mayoría de los seres que sufren de esta condición, las estadísticas solo escatiman una expectativa de vida de 30 años."

Carmen, con 54 años de edad, mantiene su pelo castaño y utiliza espejuelos "vintage", heredados de su madre. Vestida en nombre de Cibuco, sufre de serios desbalances. Su salud está agravada por el lupus y la anemia que padece. El lupus, por un lado, es una enfermedad inflamatoria crónica que ocurre cuando el sistema inmunológico del cuerpo ataca sus propios tejidos y órganos. La anemia, por otro lado, es una condición que se desarrolla cuando la sangre no tiene suficientes glóbulos rojos sanos o hemoglobina. La combinación de ambas puede ser mortal en un período catatónico. Este historial médico abre la posibilidad de Camy a unirse junto a aquellos en la pradera.

Enze cierra la libreta y respira hondo.

Todas las noches, Camy prepara a Enze para lidiar con estas condiciones desde el momento en que nace mediante un ritual de excavación de una tumba diseñada para ambas en caso de que lo peor ocurriera. no todos los seres que corren por las praderas de estas cercanías padecen la condición que sufre Enze. No obstante, ellos se dan tratamientos para otras condiciones con células y fetos tal y como Enze hace. El servicio que reciben es similar a la industria del banco de esperma y sus donantes que se da en el mundo humano y cotidiano.

Carmen observa profundamente las pupilas de su cría y nota la baja dilatación. Su piel retorna a la textura suave y gentil que trae la juventud. Se levanta de la mesa, y se acerca al refrigerador, mientras Enze se sienta en la sala esperando a que su madre le prepare la comida. Enciende el televisor y observa los programas que compartía junto a las almas desterradas a las que ya no podrá llamar familia.

Las paredes se sienten vacías. Un lugar que estuvo ocupado por cuatro personas se ha reducido a un espacio para dos. El recuerdo de aquellos tiempos le brinda nostalgia, pero la apatía predomina su cosmovisión. Ya no tiene a su padre, a quien le encantaba ver la lucha libre todos los domingos... ni tampoco a su hermano, quien no se perdía un episodio de las hermanas ricas quienes no hacen más que gastar dinero sin consecuencia... ella no recuerda bien sus nombres, sólo la compañía de su hermano. Enze vuelve a reflexionar sobre su pasado, algo que se ha vuelto muy natural para ella. Agarra la libreta para hiperventilar el sentimiento agudizante que siente, piensa que plasmarlo en páginas le aliviará el dolor.

"Zibuco
Ahora veo cómo la noche se hace de día
mientras desayuno con cacho y una tableta.
Desde que se fueron todo se ha vuelto soledad y descontrol.
Camas permanecen vacías
y las paredes me estremecen.
Sublingual avanza y aparece
O me convertiré en uno más de la pradera.
Sin ellos estoy en constante tropiezo
Me siento, siento, el tiempo lento.
Enze Figueroa"

Lo que Enze no entiende es que un efecto común de su condición es la desaceleración del tiempo, más aún cuando no ha tocado el desayuno. Cierra su libreta, la agarra con fuerza y vuelve al estado en el que se encontraba. La vuelve a abrir y escribe la palabra zombie por primera vez en 10 años, ya que siempre que piensa en ella, solo le trae terribles memorias del pasado. El origen de esta palabra viene del oeste de África, no de Haití como muchos piensan y profesan, naciendo alrededor del comienzo del siglo XIX.

Su definición original es "esclavo". El término es modificado de acuerdo a la región y distrito, como por ejemplo, zibuco en esta área. Enze escribe esta palabra, que significa esclavos de su condición, o una persona quien no aparenta temer la vida o la muerte, sufre de constante apatía, o que es totalmente insensible a las personas y a sus alrededores. Todo esto es parte de los efectos comunes del padecimiento. Vivimos en pánico rotundo, similar a un narcoléptico que nunca sabe cuándo el piso le tocará.

Enze vuelve a cerrar su libreta más relajada y finalmente con apetito para su desayuno.

Carmen prepara los alimentos de Enze, que son diferentes a los suyos, no padecen de la misma condición. Abre la alacena, saca una de las fundas de pan horneado. Corta dos tajadas y las coloca en el tope de la cocina;está situada estratégicamente en el medio de la casa, adyacente a la sala para vigilar a Enze en caso de una alta en su sistema. De esta manera, tendría tiempo para poder administrar la dosis adecuada antes que se deslice por la pradera. No obstante, el estilo rectangular de la casa la hace incómoda para más de dos personas, crea el sentir de claustrofobia y constante choque.

Ahora abre el refrigerador, saca primero una jalea espesa cuya marca era Tres Viejitas, mostrando similitud con productos cotidianos para no hacerlos sentir comoextranjeros en su propia tierra. En realidad, la jalea está compuesta de células madres, donadas por las mujeres de la vecindad. Carmen la desplaza con su navaja sobre una de las tajadas de pan. Mientras la esparce, puede ver en el reflejo de sus espejuelos los fragmentos de partículas y moléculas desplazándose sobre el pan integral. Un vívido aborto es sentido cada vez en la parte de atrás de su columna.

Con su brazo izquierdo, saca de la segunda tablilla de la nevera un producto cuya consistencia y textura se asemeja a la de un jamón. Su sabor se parece al del tocino. Los pone en el horno uno a uno y al botar la envoltura se queda observando la marca de este producto. La misma tenía como promoción los derechos del nombre Acme, cuyo eslogan era: Acme, Los mejores fetos de la vecindad. Eran fetos criados con el propósito de dar su vida por la causa.

La mayoría de los sectores eran segregados, o más bien, sin suficiente distribución de todos los productos disponibles para satisfacer las necesidades de esa región, en la que localizaban zibuco región este. Cinco minutos pasan y Carmen nota que ya están horneados. Los coloca encima de la otra rebanada y con su mano derecha las compacta en una especie de emparedado. El olfato de Enze agudiza y sus ojos se ponen de tez rojiza. Camina hacia la mesa de nuevo, codiciando el desayuno. Llega Carmen, le coloca un beso en la mejilla y le dice: "Que lo disfrutes, belleza". Camy piensa, "La absorción de células madres la mantendrá rejuvenecida, mejor que cualquier tratamiento de Keratina...". Su preocupación solo emerge por su criatura, y más cuando está localizada en el medio de un precipicio en Corozal.

Camy observa el pasillo, ve las paredes llenas de retratos de pasadas generaciones, muchos de ellos están enterrados en las cercanías del patio. Se siente exhausta, necesita despejar su mente. Regresa a la cocina para limpiar los trastes. Después de devorar por completo su desayuno, Enze va directo a su cuarto en busca de un cigarrillo para hacer una mejor digestión. Su técnica con efecto placebo lograba domar un poco la ansiedad, pero no los intestinos porque funcionan más lento. Después de engendrar su posición, necesita pasar por una especie de hibernación, o lo que un ser humano normal llamaría recostarse al medio día.

El cigarrillo solo es una parte de la tradición del carnaval, con unos minutos para reflejar, sin evocación, el despliegue de sus alrededores. La psicosis incrementa, pero la ansiedad retoma control. De tan solo pensar en coágulos fermentados, tomar no luce como una mala idea. Enze contempla nuevamente su pasado. Su hogar estuvo compuesto de cuatro seres, y apenas quedan dos. Cuartos vacíos, espejos somníferos, mejoras de su pasado... Enze piensa en escapar de este poblado, pero es poco probable que ejecute su plan. La gasolina es un recurso escaso y la moneda ya no es el dólar sino bienes comunes entre una variedad de sujetos, por lo que crecer y criar es necesario para sobrevivir.

Enze observa su cuarto. Hay centenares de libros esparcidos por todos lados, desde física cuántica hasta farmacología. Encima de su mesa de noche se encuentra su libro favorito: Great Expectations por el renombrado escritor de la era victoriana Charles Dickens. Su edición es de carpeta dura e incluía todas sus otras novelas. En su portada, marca The Complete Works of Charles Dickens. Ella ama ese libro. En todas las esquinas del cuarto, podías encontrar novelas de una amplia gama de autores, cuenta con libros de cómo crear, sobrevivir e inclusive cómo cocinar en el medio de una pradera hostil.

Reviviendo memorias de su pasado con Stella y Pip, se entristece que su Pip de nombre Klaus haya desaparecido. El pequeño fue disuelto entre los escombros de su hogar. Entre hachas y galardones, desmiembra a su familia por completo. Frambuesa resplandece en sus paredes, vísceras en sus dientes. Desde ese momento, nunca regresa al bosque. Anda perdido en la pradera donde todos terminan consumidos. Enze, en estado de reposo, alcanza su segunda gaveta de la mesa de noche sacando sus cigarrillos marca "Cáncer", enciende uno sentada al borde de su cama y al lado suyo pone un cenicero que tiene una foto de Silvio Rodríguez en el fondo, artista favorito de su padre y de ella. Recuerda los últimos momentos de su padre, viéndolo descomponerse en el Hima de Caguas poco a poco a causa de un derrame cerebral que terminó en su completa absolución. Las últimas palabras de Jetulio no pudieron ser documentadas ya que descuartiza el cuarto de intensivo donde se encontraba en estado crítico antes de fallecer, convirtiéndose en uno más junto a la pradera.

Jetulio Vargas era un hombre de gran estatura y fuerza. Ningún miembro del staff puede restringirlo a tiempo ni inyectarle un sedante para apaciguar su estado. Esto resulta en la fusilación de toda persona dentro del cuarto con sus manos y muelas, creando un mosaico de huesos, órganos y tejidos en las paredes de la sala de intensivo. Desde ese momento en adelante no se sabe más de Jetulio.

La colilla del cigarrillo se acerca a su fin y la ceniza se dispersa por su platillo. Carmen abre la puerta con delicadeza y le comunica a Enze que va en dirección al Limo Viejo a comprar comestible, si desea algo en particular. Enze sonríe y la mira tenuemente. "Quiero carne disecada José Slim." Carmen le comunica que se acuerde de hacer los quehaceres de la casa mientras ella está afuera haciendo compras, le da un beso en la mejilla y se despide con un simple "Vuelvo pronto, belleza."

Carmen se sube en su Corolla del 2010 en camino al Limo Viejo. Las curvas son empinadas, llenas de múltiples picos que pueden causar la muerte si no se está familiarizado con el área. Ansiosa por avanzar y salir de esta travesía, porque a ella no le agradaba la atmósfera del lugar. Lo único que tiene de colmado es su nombre, el resto parece un laboratorio lleno de cadáveres expuestos, de múltiples cortes, con colores y sabores para llamar la atención, pero ella no le presta mucha. Le causa escalofríos la idea de estar allí. Su columna vertebral está árida.

A las facilidades, solo pueden entrar los no infectados. Los de la pradera solamente pueden entrar con un acompañante, mostrando evidencia de medicación más el estado de su condición. En ese caso, será escoltado por un vigilante en todo momento. Carmen prefiere que Enze se quede en la casa para evitar tal humillación. Allí Enze se mantiene haciendo los quehaceres, como limpiar platos, sembrar plantas, volver a cubrir las tumbas para la próxima noche, entre otras.

Durante este proceso, sus encomiendas no le crean el sentir de pesadez. Para ella es terapéutico, una forma de liberar el exceso de energía que le brindaba su condición. Carmen lo analiza de otra ruptura, como un formato para crear una estructura o disciplina para cuando ella se desvanezca. Enze ya ha entrado a la facilidad, prefiere no hacerlo. Le brinda memorias del amigo de su hermano al pasar por la escuela. A pesar que su estructura está hecha escombro y gravija, no puede olvidar aquel terrible lápiz adentrándose en ella, una memoria que ha permanecido en su cerebelo desde la edad de los cuatro.

El nombre de esta localidad, que está justo al lado de la escuela o sus restos, es el "Limo Viejo" en honor a un colmado que antes existía en las cercanías. Los que suplen los productos a esta facilidad se encuentran en áreas de cuarentenas, segregados para asegurar su protección de manera eficaz. La mayoría está localizada cerca de área de personas no padecientes. Estas microciudades son divididas en distritos, Zibuco perteneciente al área este. Cada marca creada dentro de la región es auténtica de la misma, con las intenciones de hacer la consunción de cada producto cómodo para el consumidor o para el guardián que le prepara sus alimentos.

A pesar de que el capitalismo había caído, el ideal sigue en vida. La mayoría de estos productos eran creados con énfasis en nostalgias pasadas de las cercanías o memorias cautivas de sus ancestros para así no perder aspectos tradicionales, y como resultado su nombre de herencia es el limo viejo, donde las góndolas son neveras y desde la entrada sientes una cercanía a la pradera. Examinando los diferentes tipos de cortes, Camy tratate cubrir la lista dada por el doctor de Enze. Se mueve lo más rápido posible, memorias de Jetulio emergen y recuerdos de su boda esclarecen en inaudito paralelo. Además de eso, ella sí conoce el verdadero origen de estas carnes y la memoria de la misma le repugna, más pensando que algún día ella iba hacer unas costillas marca Tyson.

Las personas no padecientes de esta condición tienen información privilegiada en un sentido, como las verdades sobre la llegada del producto y alza en escasez de células madres. Cada vez hay menos erectos y más recipientes que flotan en la pradera. Toda persona sin la condición tiene la obligación social de donar sus órganos funcionales y tejidos para ser procesados y vueltos en comida después de la última cena. Esta es un evento que ocurre después de cumplir 60 años. Constituye de una gran cena llena de manjares y alimentos de diferentes tipos que ya están extintos o son difíciles de encontrar. Después de que tu paladar queda saciado, entras a un estado de sueño y nunca volverás. Tus restos serán procesados y puestos en nevera uno o dos días después. Carmen, ya en la caja, entregaba los documentos de los alimentos de necesidad para su cría.

"Todo es aprobado, puede marcharse" le dice el cajero, su identidad no irreconocible al toda persona dentro de la facilidad tener el rostro cubierto por su seguridad. Ella sale del lugar, las náuseas y ansiedades comienzan a elevar. Llega al Corolla, enciende un cigarrillo y respira hondo, la travesía termina. Subiendo las cuestas, se siente mareada. Se detiene un momento y se observa en el espejo. Su piel está amarillenta, muestra indicios de anemia contrayendo su sistema. No es la primera vez que logra sobrepasar una baja sin medicamentos. Se pone a reflexionar cerca de río de Cibuco, el mismo que una vez fue uno de los lugares de mayor explotación de oro en la isla para los tiempos de los españoles. "Largo tiempo atrás" piensa Camy, contentándose un poco. Sin medicamentos desde hace meses, sus expectativas están altas. No se deja domar por la posibilidad que su tiempo estuviera cercano a caducar. Al llegar a la casa, Camy observa a Enze, vestida con un traje de girasoles negros, y su estatura le hacía resplandecer el cabello lacio con tonalidades negras. Deslumbrando y agudizando sus alrededores, parecía parte del paisaje, o al menos esto pensaba Carmen. Al estar cavando ambas tumbas y terminando con la suya, Carmen agarra la pala y termina la suya.

Terminado su trabajo Camy le comunica a Enze que es

hora de acuartelar, la pradera se aproxima. Ambas entran a la casa y cubren todas las esquinas, viendo la posibilidad de la entrada de uno de ellos. Las ventanas son cubiertas con paneles y las puertas son reforzadas con madera adicional. La marquesina estaba cubierta de espigas que al momento de contacto te desmantelan el área tocada. Para ellas esto es algo normal al llevar diez años protegiéndose de la maleza que traen los sujetos de la pradera. Dentro de su baño, Carmen observa su piel, siguiendo esta de la misma tactilidad. Sus ojeras se intensifican. Su escoliosis está más doblada de lo usual.

Abre el gabinete, saca dos tramadol de 50 mg para calmar el dolor, más que su side effect era calmar la ansiedad. Enze se prepara en su cama para acostarse, pero antes pasa por donde Carmen a desearle las buenas noches. Va a la cocina a buscar jarabe fermentado para dormir. Camina hacia su mesa de noche, abre la primera gaveta y saca tres tabletas de 300 mg de seroquel. Se los toma junto a su jarabe y escribe: "La única forma de adormecer mi condición a época oscura era suministrando un antipsicótico, para así regular cualquier tipo de impulso no deseado. Mi dosis es de 900 mg que es suficiente para tumbar un rinoceronte. Desacelera mi ritmo cardiaco por 30 a 45 minutos y poco a poco va recuperando su pulso después del primer "peak" de la dosis. Con esta dosis, ese factor se extiende. Como resultado, si no descansar, elasticidad de DMT en mi provocará mentalidad similar a una esquizofrénica en luna llena mientras Dionisio observa."

Al pasar 30 minutos Enze comienza a salivar, al punto de quedarse inconsciente pero despierta a la vez, un estado similar a un limbo. Pasan varias horas para volver a la normalidad. Cae en un estado de descanso pero no puede soñar, su padecimiento no la deja. Se levanta al próximo día. No hay nadie, en la cocina, la marquesina está intacta. De momento se asoma al cuarto y ve a Carmen en la cama. Desliza la puerta para no molestar y nota debilidad en ella. "Puede ser una señal falsa" piensa Enze para apaciguar su mente. Continúa su rutina diaria, de comienzo a fin, desde cavar las tumbas hasta preparar desayuno para ambas.

Llega la noche y Carmen pide que la restrinja en caso de

emergencia. Enze no entiende por qué, solo puede ser un resfriado. Carmen la mira fija y le dice "Es parte del proceso, tranquila, belleza." Ambas tienen el sentir que el momento se acera. Enze la amarra y la mira con sentimiento, algo que carece en su sistema. La ata con unas sogas y le hace un devil's knot en el cuello. Su cuerda se extiende hasta la puerta en caso de una ejecución necesaria rápida. Al lado de la puerta, hay un pico y una azada en caso de necesidad de una decapitación rápida. Enze coloca una silla frente a la cama de Camy y se sienta.

La primera noche no duerme, mantiene un pote de ansiolíticos cerca y anticoagulantes en caso que le hagan falta al lado de su jarabe fermentado para pasar la noche. Nota que a Carmen se le hace difícil dormir, inflamaciones en sus coyunturas incrementan, dolores musculares agravan y su estado empeora cada hora. Enze, preocupada por ella, toma una decisión: Al otro día, Enze se levanta, ve la piel de Camy arrugada y no responde a ningún estímulo. El lupus y la anemia segmentan su sistema a un vacío catatónico esta vez sin medicamentos y no hay retorno, ya es hora de tomar la decisión.

Enze marca un punto justo en el medio de su cuello para que solo sea un golpe sin dolor. Alza el pico, como en La Charca de Manuel Zeno Gandía. Despliega su piel como dos cortinas, abriendo en forma vertical con el desplazamiento de todo el viento de su brazo en directo. Sus tendones halan en todas las dirección, descabellándose uno a uno, arterias atravesadas su huesos fracturándose hasta pulverización. Al otro lado de la pared ya el pico cayó al igual que Enze en tiempo. La cabeza de Camy rueda por el suelo.

Enze está cubierta en sangre y vómito, constituido por el poco desayuno que pudo ingerir gracias a la ansiedad. Sus sábanas está igualmente cubiertas de sangre. Coge una para agarrar el rostro de Camy, el cual se localiza en el piso al lado de su máquina de coser. Se acerca perpleja, sabiendo ya que no la verá más, le da un beso en la frente y en su tumba que está preparada para ella el día antes deposita su cabeza primero. Luego vuelve al cuarto y recoge el cadáver del suelo, enrollado entre las sábanas llenas de sangre hace otra capa de tierra y lo arroja. Cubriendo los restantes, memorias corren por su cerebelo. Anticoagulante es necesario, siente su sangre espesa. Se sirve más de su jarabe fermentado. A su lado, observa la libreta, la abre y escribe:

"Ahora tengo que cuidarme de la pradera y del tiempo, ya que a mi tía Camy no la tengo a mi lado. Mi madre murió en parto al darme a luz a mí, uno de los pocos bebés saludables de mi tiempo, pero a los catorce años me atacaron y van diez años de esto. A mi edad de los 24 temo por la oscuridad que engendro. Pero si tengo que ir a la pradera, será contenta porque al menos sé que ella no murió siendo uno junto a ella." Enze cierra la libreta.

Residuos de tela

Voces corren en mi cerebelo, reactivo inicio.
Voces mortíferas, disputas somníferas, caos engendro.

La cama tiembla, las sábanas se disuelven,
Las cercanías del fuego infundio.

Tela se convierte en dedos, acariciando mi piel
Comunicando proximidad, que dentro de ellas no perderé

Me succionan, hábito confuso del cual no encuentro escapatoria
Adentrando en sus cercanías puedo ver
Pasadas memorias infundidas por su piel

Mi cuerpo se deshila, órganos se desplazan
Sesos por todos, sangre craza.
Escurriéndose entre las sabanas retuerce

Tratando de agrupar mis restos
Hemorragia puesta, descenso incurre..

Muy tarde, ya mi piel es tela
Adhiriéndose en ella, profundizando en lo hondo
Se convierte en una cercanía que se siente redondo

Cinco días después, ya era tela
Su cadáver fue encontrado
Y en su cordillera
Ahora un alma más, junto a la pradera.

La llamada

Caminando en la acera una navaja se adentra en el pecho de Gabriela Jiménez. Se orina encima, perpleja, se desliza poco a poco hacia el suelo. Cae sentada en la acera y el asesino sigue caminando. Ella, en dolor agonizante. La punzada fue directa a caja torácica, más específico entre la vena cava superior y la aorta creando una hemorragia instantánea. Dos minutos después, un bulto cae. Su cadáver recae encima de él en el lado izquierdo. Su madre recibe una llamada: Gabriela ha desaparecido al Nunca Jamás. El teléfono rebota, la madre sufre un ataque al corazón y fallece. El padre recibe llamadas continuas por varios años. En el background la canción de "Ojalá" de Silvio Rodríguez, al acabarse recitaba el nombre de su hija y esposa. Esto aterroriza al padre por dos décadas, hasta que por fin encuentran al asesino. Pero las llamadas nunca paran y siempre en el fondo del otro lado de la línea:

"ojalá se te acabe la mirada constante
la palara precisa, la sonrisa perfecta
ojalá pase algo que te borre de pronto
una luz cegadora, un disparo de nieve
ojalá por lo menos que me lleve la muerte
para no verte tanto, para no verte siempre
en todos los segundos, en todas las visiones
ojalá que no pueda tocarte ni en canciones"

Él temblaba de pánico cada vez que recibía una llamada, hasta la vez número 23. Convulsa, vomita su hígado, cae mirando hacia la sala la que una vez fue de tres ahora solo es de viento. Ahora en el fondo la llamada todavía ocurre cada 23 de diciembre, lo único que el sociópata, ya no recita dos nombre sino tres.

Gabriela Jiménez
Gloria Ríos
German Ojeda

La persona que hacía las llamadas nunca fue encontrada y su caso uno sin terminar, al el ser responsable de dos muertes más.

El astronauta

Despertar en una nave se había vuelto más natural que despertar en la Tierra. En un espacio infinito, se sentía menos observado, más libre para dejar su mente fluir. Era creativo de pensamiento y en sus labores diarias escribía rimas y conclusiones a las que llegaba mientras navegaba. Cualquier influencia de cualquier otro ser humano estaba detenida por el gran espacio que los separaba y esto había inspirado una nueva línea de pensamiento.

El espacio es simple, la Tierra es difícil. La Tierra es un lugar pequeño, donde redundan las mismas energías, causando los mismos resultados, en distintas partes. En la Tierra, estás obligado a resumir con un posicionamiento metafísico específico y tus opciones no varían más allá de la distancia que te limita. Naces en un lugar donde una circunstancia ya estaba establecida, y tu personalidad predestinada a los atributos que recojas del ambiente. No parece justo en muchas ocasiones. Gente buena atenida a condiciones malas y este parece ser el reto. Establecer una persona en condiciones opuestas a su ser y hacerle llegar al otro lado. Este no siempre es el caso pues parece haber gente que nace exactamente donde sus capacidades le hubiesen permitido desenvolverse. Pero para los que sentimos que nacimos al otro lado del charco todo parece un reto.

Mi rutina diaria envuelve en su gran mayoría recordar tareas sencillas de sobrevivencia como comer y dormir, lo cual es más difícil de lo que parece. Aparento estar constantemente en estado de pensamiento profundo y puedo llegar a sorprendentes conclusiones, pero no logro recordar desayunar en la mañana. Mi azúcar baja mucho, esto me mantiene también en estado leve de delirio. Esto es exacerbado por la falta de sueño y es como andar en una nube. De pequeño, tenía mi propio mundo y nadie más parecía interesado en lo que yo percibía. Pero de esto no guardo muchos recuerdos.

Solo sé que me obsesiono por las ideas que vuelan por mi mente. Siempre he notado un patrón específico en el comportamiento humano. Claro, hay unos comportamientos que son vitales para la sobrevivencia pero otros parecen ilógicos. Los humanos siguen una "moda". Por darle un nombre; esta moda es una serie de creencias preestablecidas ya sea en la cultura, la familia inmediata, y el estado de ánimo innato de cada ser. Esto influye en la mayoría de las decisiones que tomamos. Pero observando las decisiones tomadas diariamente por la mayoría de las personas, es difícil creer que los individuos están pensando críticamente y están más bien dejándose llevar. Casi como si hubiese un nivel de control sobre sus mentes.

Claro todos estamos atados a ciertas cosas y no somos críticos por completos, pero no parece casualidad el enfoque común de cada ser. Me parece sospechoso como todos pueden pensar igual o parecido. A veces siento ser el único olvidado en un experimento mundial de control mental. Secretamente en mis misiones, observo los satélites más poderosos y escaneo para detectar alguna honda siendo enviada a la Tierra. No he tenido suerte pero esta semana me encuentro en la misión más larga que he tenido en mi carrera y siguiendo mis cálculos he bajado las posibilidades de su localidad. Sé que soy observado por mis líderes y que planean despedirme tan pronto termine con esta misión, pues muchos de mis comentarios han sido regados por la compañía y temen cualquier escándalo, pero esto solo me hace pensar que no tengo nada que perder. No tengo razones para volver a la Tierra, el vacío es mi hogar.

El capitán Príncipe navegaba en autopiloto, lo cual le permitía pasar la mayoría de su tiempo escribiendo sus teorías y prosas. Su visión estaba floja y no había notado que llevaba un día entero sin comer, pues siempre lo olvidaba, lo cual lo nublaba más aún. Siempre sentía estar viendo ráfagas de luces y era imposible concentrarse. Era un hombre paranoico y aunque estaba solo en una nave en el medio de la nada, se sentía observado. Cada vez que se iba a dormir daba una ronda por la nave. Verificaba que todo almacenaje estuviese libre de intrusos, que todos los paneles de control estuvieren libres de instrucciones ajenas, o redes de control externas.

Verificaba las neveras y escaneaba los sacos de comestibles para asegurarse de que estuvieran cerrados y en la misma posición donde los había dejado. Miraba su reflejo en todas las superficies del mármol negro de la nave para verificar que todas fueran las mismas. Esto sonaría absurdo, pero siempre había temido despertar en otro cuerpo o que su cuerpo fuera alterado de alguna forma mientras dormía. Así que también se inspeccionaba y a menudo juraba encontrar algo fuera de lugar y le daba trabajo resolver que todo estaba igual. Una vez había creído escuchar las carcajadas lejanas de un niño pequeño dentro de la misma nave y esto le obligó también a verificar hasta en los espacios más pequeños para asegurarse de que no hubiera ningún infante escondido.

Sus días eran frustrantes, esclavizado por esta rutina. Justo antes de acostarse en el pequeño espacio que había en su nave personal, tomaba medicamentos para dormir, pero desde que escuchó la voz del niño había decidido que era contraproducente y que con el tiempo sus síntomas habían empeorado.

Despertó de buenos ánimos y se dirigió directamente al panel de control para verificar su posicionamiento. Estaba donde había calculado, pero no había ningún satélite. Lanzo a través de la nave sus anotaciones y se sienta a calcular nuevamente.

Una vez más me encuentro obligado a comenzar desde cero. Mis pasados cálculos no resultaron en el satélite. Esto me frustra más de lo que puedo explicar. Este satélite no es solo explicación para el comportamiento humano pero también explicación a todo lo demás. Explicación a porque los humanos deciden herirse ellos mismos por razones triviales. Razón a porque lo bueno es rechazado y lo malo recompensado. Razón a porque existe una perspectiva común universal y porque todos estamos presos a ella. Explicación a porque alguien voluntariamente renunciaría a pensar. Yo mismo muchas veces caigo víctima del lavado de cerebro terrestre. Por ejemplo: en la preparatoria invité a salir a una chica que me dijo que prefería ir con otro compañero. Éste, aunque físicamente dotado, era notablemente incapaz de pensar por su cuenta, era influido fácilmente por opiniones ajenas, era débil de carácter, egocéntrico, y no mostraba ningún interés en desarrollar una conversación con ella.

Yo sabía a esta edad que tomaba mucho más que pectorales mantener una relación a largo plazo, y que mi habilidad con las finanzas y entendimiento de la psicología humana me hacía el mejor candidato, pero nadie más parecía pensarlo así. Y aunque sabía que probablemente me esperaba alguien mejor, con las mismas prioridades que yo, no llegaba y mi autoestima se afectaba. Aunque sabía que no era lo importante, me esmeraba para ser como los que recibían lo que yo quería, pues pensé que quizás, aunque me pareciera lógico a mí, esto no era lo que la vida requería para sobrevivir. Si yo mismo me vi presionado a actuar como un idiota en un gimnasio, puedo entender como muchos pueden verse manipulados a actuar erráticamente para encajar con el resto. Tomemos a mi enemigo de preparatoria, quizás el siente que es tonto y quisiera aprender más pero se siente obligado a permanecer ignorante, por miedo a perder estatus con las mujeres.

Pero esto no es lógico. Cada quien debería saber que, a largo plazo, la disciplina y el conocimiento tienen mejores cosechas. Por lo tanto, vuelvo a caer en mi teoría. Mi madre era una mujer muy trabajadora y era muy hábil en la costura, pero esta nunca hizo dinero por miedo a ser percibida como alguien avaro que no le brindaba ropa gratis a los conocidos que la solicitaban. Si mi madre no estuviera programada a seguir un filtro social, probablemente hubiésemos estado mejor económicamente y no hubiese tenido que compartir mi habitación con mi hermano mayor y su predisposición a la violencia. ¿Pero por qué está tan engranado en nuestro ser este miedo a la opinión ajena y a la percepción de gente extraña? ¿Por qué la Tierra nos limita de esta forma? ¿Por qué seguimos la mayoría aunque está equivocada?

Sé que la gente está controlada, pues nadie nace innatamente malo, por eso debo encontrar este satélite antes de mi despido.

Miró alrededor de su nave de mármol negra para descansar la vista y se perdió un momento jugando con las ráfagas de luz que generaban sus ojos. Notó cómo podía hacer que se movieran y cambiaran de forma. Si se concentraba podía tornar estas luces en imágenes específicas. Imaginó un patrón de frutas en el mármol negro y tuvo un momento nostálgico en el cual recordó unas cortinas con este mismo patrón fluyendo con la brisa que entraba por la ventana donde colgaban. Se distrajo como si evadiera lo que esto representa.

Los humanos huímos de lo que nos aterra. Esto tiene sentido. Quizás es menos aterrador hacer lo que hace el de al lado antes de arriesgarte a fracasar con lo que se te pueda ocurrir hacer a ti. Pero huir de lo que en realidad nos aterra es imposible. Todos nuestros miedos e inseguridades fueron adquiridos durante la niñez cuando éramos vulnerables a las amenazas. En los miedos comunes, muchas veces están escondidos otros miedos más difíciles de identificar. Por ejemplo, mucha gente teme a la oscuridad, pero esto es un miedo irracional si se piensa a profundidad. El no ver las cosas no las hace automáticamente más peligrosas, pero el no poder usar nuestro sentido de visión nos deja muy vulnerables y es más el temor a lo desconocido. El no saber es más aterrador que cualquier monstruo que pueda surgir en la oscuridad. El no saber si hay insectos caminando cerca de ti mientras duermes, no saber si pueda haber algún extraño caminando por las afueras de tu casa y observando lo que haces...

Esto provoca una reacción irracional en nuestras mentes y aunque nos digamos mil veces al espejo que nuestros ornamentos de porcelana no volverán a cobrar la vida es difícil no sentir un pequeño escalofrió al apagar la luz y privarte de tus sentidos. Un miedo la mayoría del tiempo oculta a otro y es llegar a esta raíz el verdadero reto.

¿Qué me asusta a mí? Podría decirte que la gente pudiese decir que no tener control sobre lo que me ocurre, pudiese decir que temo a la pobreza, pudiese decir que temo no encontrar este satélite y quedarme sin explicaciones para mis dudas, pero no pudiese decirte que ocultan estos, y a que verdaderamente le temo.

El capitán Príncipe se marea, había despertado e ido directo a sus notas y no se molestó en abrir un empaque de comida. Tampoco verificó un reloj para percatarse que solo había dormido diez minutos y que aún no había culminado el día; lo cual significaba que no había recorrido la distancia que pensaba. Observó los paneles de control de cristal y una vez más inspeccionó cada esquina de su nave, pues juraba haber escuchado risas nuevamente. La nave esta vez le pareció extraña, no parecía la misma nave que ha conducido todo este tiempo. La nave parecía tener defectos que insinuaban mano de obra inexperta y esto le alarmo. Buscó dentro de los archivos el manual de la nave y no aparecía. La nave tenía un toque infantil parecía algo que divertiría mucho a un niño risueño en un parque de diversiones.

Su visión había fallado antes así que decidió contar hasta diez y pensar en alguna razón lógica por la cual todo parecía plástico y ficticio. Se sintió observado, pensó que quizás alguien había intervenido con sus comidas empacadas. Se deslizó de rodillas por el espacio 5x8 de la nave y abrió la nevera. No había tocado ni uno de los veinticinco paquetes que había empacado antes de salir. Pensó que quizás habían sido reemplazados por este extraño que lo torturaba así que agarro uno de ellos y lo hizo pedazos. Estaba vacío. No parecía ni estar hecho de materiales espaciales, solo plástico. Gritó maldiciones y confirmó que había alguien en su nave alterando sus pertenencias. ¿Pero dónde? La nave era diminuta y siempre verificaba cada esquina.

Pensó que entonces quizás la persona había encontrado la forma de entrar y salir de la nave mientras, él dormía. Pero no recordaba haberse ido a dormir ni desde cuando así que pensó tantear la última vez que se halla medicado. Se arrastró hacia el compartimiento donde guardaba sus pertenencias más personales. En esta caja, se encontraban unos dibujos que no reconocía de unas naves muy inciertas, creyones, una foto de una casa que no recordaba y su pote de pastillas para dormir. Lo abrió en sus manos y no podía creer lo que veía. Eran los bombones los que supuestamente había estado tomando.

Se sentó en el suelo y trató de retomar compostura. Obviamente su mente le jugaba una cruel burla, pues esto parecía estar diseñado por un infante. Miró los creyones dentro de la caja y sabía que todo debía ser un sueño. Miró los dibujos de nave, lo incoherentes y científicamente inexactos que eran y supo que tenía que haber un niño escondido en la nave. Pero esto era imposible. Se golpeó varias veces en la cabeza y trato de hacer lógica. Nada de lo que veía era lógico. Se desquicio y comenzó a gritarle al pequeño bastardo que

saliera y le enfrentara. Para vencer toda posibilidad de sentido vio como lentamente desde las sombras se rebeló la figura
indefensa de un niño de unos seis años. Sintió su palpitación
subir y sus manos sudar al enfocar su vista en los ojos familiares del niño.

"¿Qué haces aquí?", le pregunto Príncipe y la voz le temblaba.

"Me llamaste", contestó tranquilamente el niño que lo miraba fijo y que no se veía amenazado ni sorprendido en lo
absoluto por lo que ocurría.

"Estás interrumpiendo una misión espacial del gobierno
federal y es un delito lo que haces. ¿Cómo llegaste aquí?"

Soltó el niño una carcajada, la cual recordó sin duda el
Capitán Príncipe como la que había estado escuchando re-
cientemente. El niño dijo, seco, "Andas buscando soluciones.
Y estás así de llegar a alguna parte".

"¿Hablas del satélite? ¿Estoy por encontrarlo?"

"No sé cómo sigues atado a eso, ¿no estás grande ya?"

Estaba confundido. Un niño se burlaba de sus teorías. Pero
este no era cualquier niño, este niño había logrado ganarle
en astucia. Se había escabullido dentro de su nave y había alterado las circunstancias. Tenía que obtener respuestas, pero
cada vez dudaba más su lucidez.

"No me sorprende, los humanos crean lo que deciden creer.
Allá en la Tierra la gente logra creerse un mar de imposibili-
dades con tal de no mirar lo que obviamente ocurre".

"¿Qué sabes de lo que verdaderamente ocurre en la Tierra?
¿Acaso eres de otro planeta? Demuestras un conocimiento
extenso de la realidad".

"Sé lo que te ocurrió a ti. Eso es lo único que la gente sabe,
lo que les ocurre a ellos. No hay una verdad absoluta, sólo un
enfoque personal. Seguimos lo que decidimos seguir".

"¡Así que sí eres de otro planeta! ¿Posees algún tipo de te-
lequinesis o control mental? ¿Cómo es que te veo ahora y
antes no te veía?", preguntó Príncipe, cada vez más intrigado.

"Porque decidiste verme, y antes me evadías", dijo el niño.

"¡Habla con lógica niño! ¿Cómo es que te veo? Estamos en
el medio del espacio, ¿cómo es que llegaste aquí y logras salir
y entrar a tu gusto?"

"No es a mi gusto es al tuyo", dijo con sorna el niño.

Ya perdía la paciencia con el tono existencialista del niño y quería respuestas claras.

"Sí, porque yo te construí a ti ¿verdad? Sí, ahora recuerdo eres uno de mis experimentos ebrios. Cada luna me emborracho y hago un niño de probeta para tener con quién discutir".

El niño sonrió y por una fracción de segundo ambos rieron del mismo chiste. Luego la atmósfera volvió a ser una de amenaza y ambos parecieron temer uno del otro. Miró detrás del niño a la pared de mármol más cercana y vio los mismos ojos de él en su propia cara.

"Yo soy tú... ¿cierto? ¿O tú eres yo? ¿Cómo es que navegué en el tiempo? ¿Cómo es que esto no es paradójico? ¿Es esto un mundo paralelo?"

"Siempre has tenido una tendencia a sobre complicar todo" el niño comenzaba a verse triste, decepcionado.

"Sólo trato de entender cómo es posible que esté hablando con mi yo del pasado. No creo que haya respuestas simples para esto".

"¿Qué tal tu temor al pasado? ¿Qué tal el hecho de que me has reprimido dentro de ti por 45 años, eso no cuenta? ¿Por qué tiene que ser algo científico? ¡¿Qué no ves que esto no tiene nada que ver con la humanidad, tiene que ver contigo?!"

Su mente daba vueltas y se sentía cada vez más mareado. Nada tenía sentido, pero ya estaba tan adentro de este viaje que sólo le quedaba terminarlo.

"¿A qué te refieres? Yo soy el Capitán Antonio Príncipe, me encuentro en una misión espacial que tiene como meta encontrar el satélite que emite las hondas de control a la Tierra".

"¿Pero no te avergüenza lo irracional que eso suena? Eres un hombre de 45 años. Es hora de aceptar las cosas. Aceptar que no conseguiste ser quien querías, que trataste tanto que llegaste a la demencia, que te tomó casi morir para aceptar la verdad, y que ya es necesario seguir con algo más productivo".

"Gran cinismo para alguien que dice no ser un extraterrestre de mayor inteligencia".

El niño perdió el control y levantó la caja de pertenencias con los dibujos y se los lanzó hacia el pecho. "¿Así me veías a mí? ¿Como un extraterrestre? ¿Por eso me destruíste? ¿Por eso me negaste? ¡Escogiste complacer los gustos ajenos y me olvidaste a mí!"

Acababa de recibir el golpe en el pecho y estaba atónito por la rabieta del niño. Tenía mucho sentido, pero ninguno a la vez. ¿A qué se refería con lo que decía? ¿Sería esto parte de lo que no le dejaba ser normal? ¿Acaso esto sucedía porque no dormía bien y se sentía en las nubes? Se había dedicado en cambiar quien innatamente era a tal punto que había olvidado por completo lo que en realidad le atemorizaba.

"¿Te avergonzabas de mí? Tratabas de ser como ellos. ¿Pero qué era tan malo de mí? No era el más lindo ni el mejor conectado, pero tenía buen corazón, era astuto para mi edad, ¿por qué me humillaste?"

"Te equivocas. No fui yo quien te humillé, fueron tus compañeros, tu hermano mayor, y hasta tu mismo padre".

"Yo no controlo lo que ellos hacen, pero tú hiciste lo mismo. Tú me humillaste a mí, escuchabas lo que decían y me lo repetías como si fuera cierto. ¿Acaso crees todo lo que escuchas?"

"No eso es lo que trato de eliminar. La gente sólo repite lo que observa. Ellos te trataban así porque no tenían ese entendimiento".

"¿Y cuál es tu excusa? Al menos puedes decir que ellos no sabían, pero tú sí sabías que era incorrecto. Porque sí me hacías daño… nos hacías daño".

No pudo evitar gaguear. El niño había usado su propia teoría en su contra. Y no podía responder sin incriminarse. "Actué negligentemente creo, a veces no toma sólo saber algo pero vale más ponerlo en práctica. Aunque ahora esto no importe… obviamente he muerto sin darme cuenta".

El niño volvió a molestarse. Comenzó a alzar la voz y con cada palabra parecía más amenazante.

"Estoy harto de tus inventos. Tú nunca llegarás por tu cuenta, así que tendré que descomponerte a la brava. Tú vives en las nubes porque temes afrontar tus fracasos. Pasas horas hundido en formas de culpar a la sociedad por enlaces neurológicos que no has logrado romper. Nunca has podido superar que tu padre fuera como fue".

"Mi padre fue un gran hombre y me dio todo".

"Tu padre hizo lo que pudo, pero él tenía su propia carga.

No seas víctima de tus pensamientos por proteger la imagen glorificada que creaste en tu mente. Todos los padres comenten errores y es nuestro deber biológico identificar estos errores y mejorarlos para no pasarlos a la nueva generación. Esta labor es interrumpida cuando alguien como tú prefiere fingir que su crianza fue perfecta y no cambiar nada de sí mismo para bien de la especie. Ni tu padre ni tu hermano apoyaron a quien eras y esto hizo que nunca lograras validarte por tu cuenta y que necesitaras enfocarte en necedades para ignorar lo que te afecta".

No ser criado de una manera ideal no tenía la capacidad de causarle una desilusión de esta magnitud. Por esa razón preguntó, "¿Y cómo eso me trae al espacio a discutir conmigo mismo?"

"De esta misma forma. No ver lo que tienes de frente, te tiene viendo cosas que no son. La mente puede lograr ver lo que tú le hagas creer. ¿Y quién es mejor en inventar que tú? ¿Quién es mejor en engañar a su propia mente? Nada más mira lo que has logrado... lograste pensar que estás en el espacio"

"¡Ya detente mocoso! Me he cansado de tus altanerías. ¡Abandona mi nave! ¡Abandona mi nave de inmediato!", gritó Príncipe.

"No... me rehúso a volver al lugar donde me tenías. En el vacío donde nada ocurre, cualquiera pierde la mente Príncipe... cualquiera".

El niño se movió lentamente hacia la izquierda y se dirigió disimuladamente hacia el control de paneles. Para cuando notó a donde se dirigía y trató de prevenirlo ya era muy tarde. El niño lanzó ambos puños con todas sus fuerzas al control de paneles y destruyó su estructura de cristal. Con las manos sangrientas y llenas de vidrios, hizo sonar sus dedos y tornó la superficie de mármol de la nave en un proyector de sus peores pesadillas. Vio en las paredes cómo un hombre lanzaba un puño sobre el canvas de un niño y luego se lo arremetió en la espalda. Vio el mismo niño encerrado en un armario. Vio un grupo de otros niños cantando al unísono sobre él, mientras destrozaban su libro favorito. Se encerraba, se golpeaba y cortaba el mismo; se miraba al espejo y se llamaba feo constantemente, cómo se castigaba él mismo todo el tiempo. Las imágenes lo afectaron físicamente, hiperventilo y poco a poco su ansiedad lo llevó al vómito. Vomitó hasta que sintió que no le quedaba nada dentro. Sin darse cuenta en este buche había botado lo último que le quedaba de anti-sicótico en el cuerpo. Su columna vertebral se tensó por completo, y sus manos temblaban violentamente.

Le gritó al niño que se detuviera, pero éste solo volvía a hacer sonar los dedos y cambiaba la imagen proyectada en el mármol. Esta vez los hizo sonar y la superficie se volvió un piso de losas antiguas, y por alguna razón esta imagen revolcó más su estómago. Sonó los dedos y las paredes eran pailas de canvas rotos tirados por un piso lleno de latas. Esto le causó más náuseas y resintió al niño.

"¡Detente ya! Esto es inútil, no entiendo qué logras"

Escuchó casi en cámara lenta el sonido en eco de sus dedos y vio como el mármol cambió. Entonces vio unas cortinas con un patrón de frutas fluyendo al ritmo de una brisa imaginaria. Esta imagen le molestó más que todas y antes de decidir cómo reaccionar, se había lanzado sobre el niño e intentaba restringirlo. El niño era igual o más fuerte que él, pero con cada golpe que recibía parecía más decepcionado hasta que lentamente lo sintió dejar de forcejear.

"Yo no puedo más Príncipe, mi tiempo se acabó. Tienes que averiguar esto tú: cómo aprender a aceptar tu realidad... Mi tiempo acabó, pero tú aún vives".

Las palabras lo conmovieron y no sintió más ganas de golpearlo. Dejó caer sus manitas sangrientas y observo cómo se le aguaron los ojos.

"No llores niño, has hecho lo mejor que pudiste con las herramientas que tenías, no deberías irte decepcionado".

"Tienes razón...", dijo desenrollando una sonrisa mientras sacaba algo de su bolsillo.

"Uno no logra exactamente lo que quiere, pero nuestro propósito es metafísico y su importancia es relativa. Existimos para mantener la existencia, y como las células del cuerpo, aunque no todas son del corazón, no quita que sean importantes. Estoy seguro de que para alguien significa el mundo y aunque no parezca mucho ese es tu propósito y es un propósito especial. Tú tienes una gran mente y aunque quizás tu influencia no es directa, llega a muchas partes del universo con sólo existir. Todos estamos conectados. Tú vas a crecer y verás que nada es tan tenebroso como parece, y todo pasa y se olvida".

Al niño se le salían las lágrimas de felicidad y tenía una expresión más realizada. "Ya yo crecí y no me fue mal, sólo me falta darme cuenta de lo bien que me fue para saberlo apreciar".

Levantó la manita sangrienta que tenía en el bolsillo y como por arte de magia sacó un fósforo encendido. Antes de que el capitán pudiera reaccionar lo dejó caer sobre sí mismo y en una fracción de segundo se encontraba en llamas de cuerpo completo.

El Capitán no sabía cómo reaccionar. Todo lo que había ocurrido lo había dejado aturdido y mientras veía al niño quemarse debajo de su cuerpo supo que cualquier reacción cambiaría lo que ocurría, cualquiera... incluso brincar hacia la ventana de la nave y salir volando con todo y niño hacia el vacío.

Sintió el vidrio del parabrisas incrustarse en su piel. Tenía los ojos cerrados, pero por alguna razón vio cómo el niño se quemó por completo en sus manos hasta que sólo cenizas caían por el infinito sobre las estrellas.

Pareció una eternidad, pero, al fin, cayó sobre una superficie. Sintió su alrededor con las manos sin abrir los ojos. Parecía ser losa. Abrió los ojos y se encontraba sobre un piso que había sido pintado exquisitamente para simular el cielo estrellado de la noche. Vio cómo el detalle era multifacético y daba una impresión de gran profundidad. Siguió con la vista hacia lo largo y descubrió que era difícil saber dónde acababa el piso y dónde comenzaba la pared, pues había un efecto semiovalado en el detalle de la pintura.

Tuvo que sentir con los dedos alrededor de lo que parecía una pequeña habitación esférica hasta que encontró una grieta que delató una puerta. Cerró nuevamente los ojos antes de abrirla y, antes de darse tiempo a temer, la empujó con fuerza. Frente a sí se encontró un gran reguero de canvas rotos por todo el piso, que dejaban notar unas grandes obras artísticas de alto detalle y gran destreza. En las paredes, había filas y filas de latas una sobre la otra, que alcanzaban el techo. Estaba dentro de un apartamento pequeño que aparentaba llevar abandonado varias semanas. No se molestó ni en cuestionar qué hacía allí, se movió rápidamente hacia la pequeña cocina y buscó por la mesa. Vio en ella un mar de facturas de alquiler y electricidad a nombre de una tal "Carmen Figueroa".

El nombre le resultaba familiar, pero no identificaba todavía a quién pertenecía. Rebuscó más aun y abrió un sobre que contenía al menos unos $500, pero que no tenía dedicatoria. Alguien le enviaba dinero y se encargaba de las facturas de ese apartamento... ¿Pero quién? Sería alguno de sus líderes astronautas velando por su casa mientras él estaba en su misión. Había una dirección en la carta, pero no recordaba haber estado ahí.

El sonido de un relámpago le sacó de su limbo y llamó su atención a la única ventana del apartamento. Vio que caía un diluvio y el sonido del trueno le molestaba como un chillido en el oído. No había tenido que pensar en ruidos de la calle en tanto tiempo que el sólo pensar en ir a la calle lo hacía sentir enfermo. Sin embargo, necesitaba respuestas. Así que ignoró que aún tenía puesto el traje espacial y se lanzó a la carretera en busca de la dirección que tenía en la carta.

Salió del apartamento y vio frente a él un ascensor. Supo que estaba en un edificio. Decidiría qué hacer en el vestíbulo. Allí había varias personas, todos le miraron atónitos y él no pudo evitar sentirse perseguido. Miraban su traje, por supuesto. Salió corriendo del vestíbulo.

Descubrió que vivía frente a un semáforo, donde el ruido insoportable de chillidos de gomas, bocinas y sirenas, era constante. La idea de perderse en el espacio se le antojaba menos tenebrosa que vivir en este lugar tan confuso. No sabía a dónde se dirigía luego y la luz solar lo enceguecía. Mirando hacia abajo para evitar el reflejo del sol, caminó hasta cruzar la calle sin saber cómo no fue atropellado. Temía preguntarle a alguien por direcciones, pero se acercó a una señora mayor y le preguntó que cómo llegaba a la dirección que había en la carta. La señora le dijo que no sabía dónde quedaba el lugar, pero le indicó que la estación de trenes estaba a más de una cuadra de distancia y que allí mismo podría tomar un taxi. Sin mirarla a los ojos ni decir gracias siguió caminando, siguiendo la señal que había hecho con el dedo la señora.

Luego de quince minutos bajo el Sol, tuvo que tomar unos minutos para componerse. Estaba deshidratado y veía borroso. Jadeó hasta la estación de tren y le volvió a mostrar la carta al primer oficial uniformado que vio. Éste, preocupado, le preguntó si quería que llamara una ambulancia, pero Príncipe le dijo que sólo necesitaba llegar a ese lugar y que ahí alguien cuidaría de él. El oficial lo acompañó hasta el taxi y le ayudó a organizar su dinero, mientras le pidió al conductor que le indicara cuánto sería la tarifa para pagarle exactamente desde aquel momento. Príncipe se sintió conmovido por la ayuda del extraño y cuando recibió el cambio, sacó varios billetes sin mirar y se los ofreció como recompensa. El oficial le agradeció y le pidió que se cuidara. Esta petición retumbó en su mente, pues no sabía para nada cómo cuidarse ni a qué se enfrentaría. Sólo sabía que deliraba.

El taxista no le dirigió la palabra, pero le miraba con burla, fijándose en su traje. Príncipe se sentía amenazado, y se dijo a sí mismo que la simple burla de una persona no debía afectarle. Pensó en cómo aceptarse a uno mismo tiene un gran enlace con aceptar a los demás. Y que el odio hacia el prójimo sólo exacerba el odio a uno mismo y a la negación de que todos somos iguales y exactamente diferentes. Mientras reflexionaba de este modo, el viaje pareció ser eterno. Cuando finalmente sintió el auto detenerse, Príncipe observó cómo el taxista lo miraba y decidió responder a su acto con el acto opuesto. Por ello le entregó $5 sobre la tarifa y le agradeció por su ayuda. El taxista tomó el billete y se mofó de cómo ayudarlo a él había sido el placer de su vida antes de cerrar la puerta y chillar las gomas.

Príncipe observó a su alrededor. Parecía haber cambiado de galaxia. Ya no estaba rodeado de edificios y carros, sino de muchísimas plantas silvestres. Había varias casas humildes en fila a lo largo de una cuadra y luego todo parecía ser un monte interminable. No se escuchaba ni la brisa. Esto le recordaba a la sensación que tenía en el espacio; el sentimiento de que estaba solo por millas y millas. El silencio le tranquilizaba y su despiste iba acorde con el ambiente. Todo parecía estar perdido en el tiempo. Miró la carta nuevamente y buscó el número de casa. El taxi le había dejado justo en frente. La casa no tenía verja y caminó hasta la entrada sin darse tiempo para dudar. Tocó la puerta de prisa y esperó.

Unos ojos espantados abrieron la puerta a medias. Por la grieta de la puerta, pudo ver y reconocer un piso de mármol negro que sin lugar a dudas había visto antes, y supo con certidumbre que en esta era la casa de su infancia. Aquí estaba su padre, su hermano, y la mujer que lo miraba espantada era su madre, Carmen Figueroa.

"¡Mamá!", gritó con emoción, mientras levantó a su madre en un abrazo.

Ésta, aún sin reaccionar, le devolvió el abrazo tímidamente y cuando la puso en el piso intentó preguntar con naturalidad, "¿Cómo estás, Antonio?"

"Mejor que nunca mamá, no sabes lo que he pasado. Te lo cuento todo. Déjame buscar a Ricky" contestó y se fue como loco a buscar a su hermano.

Su madre le siguió y le pidió que bajara la voz. De una de las puertas, emergió otra señora a la cual reconoció instantáneamente como su tía. "¡Titi Sonia, qué bueno verte!", dijo.

La tía no contestó, sino que miró fijamente a su hermana como si estuviera esperando respuestas. Carmen evadió su mirada.

"¡Ricky!" Abrió la puerta del cuarto que compartía con su hermano y vio que había solo una cama en una habitación convertida en un hábitat de gatos. Se sintió conmovido.

Había llegado a la conclusión de que aunque había tratado de borrar, aún tenía tiempo de arreglar las cosas con su familia. Hubiese querido hablar con su hermano y quizás volver a tratar de vivir con él, esta vez como hermanos y no como enemigos.

"Tu hermano se casó hace tiempo y ya no vive aquí", dijo Carmen.

Tenía una nueva percepción positiva y se reusaba a dejarla caer por no recibir exactamente lo que quería. "Menos mal, así tengo el cuarto para mí solo", bromeó Príncipe. Entonces gritó de inmediato, "¡El viejo!".

Su madre parecía desesperarse mientras Príncipe caminaba decisivo hasta el cuarto de su padre, quien había decidido dormir sólo desde hacía muchos años. Carmen le pedía que se detuviera un momento porque necesitaba decirle algo con calma, pero Príncipe estaba muy emocionado para detenerse.

"No te preocupes Mamá, sé que el viejo y yo hemos tenido nuestras diferencias, pero ya yo estoy grande y no busco discutir. Sólo quiero tener mi familia justo cómo siempre la he querido".

Abrió la puerta. La habitación de su padre había sido convertida en una oficina y era obvio que no había sido decorada ni usada por él. Una cruel idea llegó de inmediato. Aunque ya lo sabía, tuvo que escuchar las palabras, "Tu padre murió hace tiempo", para confirmar que el nuevo comienzo que añoraba era imposible. El tiempo había pasado y aunque era el mismo lugar la situación había cambiado. Príncipe estaba en otra galaxia.

Se lanzó al suelo y su madre voló a su lado y acarició su espalda mientras Príncipe lloraba. "¿Pero ahora qué hago, mamá? No puedo, no puedo cambiar nada. No tengo control, todo está fuera de mi control".

"No se puede echar el tiempo hacia atrás Antonio, pero puedes intentar otras cosas".

"No. Yo no puedo más, me he vuelto loco. No puedo ni alimentarme. No puedo ser buen astronauta si huyo de la verdad y puedo ver mi propia mentira". Se fue calmando poco a poco mientras su madre le abrazaba y su tía le miraba asustada desde la puerta.

"No entiendo nada. ¿No importa si no entiendo nada?", gimió angustiado.

"No, no hay diferencia", contestó finalmente Carmen.

¡Colorín colorado!
Este cuento se ha acabado…

¿Y qué paso con Peter Pan?

Wendy mira por la ventana acordándose de la primera vez que llega el niño sin sombra, asomándose entre sus cortinas. Entra por las ventanas de las casas, se lleva a los niños sin maldad. Cae con la gravedad, deslizándose por las ventanas, sin pedir permiso. En esa noche, la luna está llena, solo se notan las siluetas de los aviones alrededor. La muerte no tiene edad, ni tiempo, igual que el niño eterno. Sin importar cuántas veces entrara o el tiempo que pasara, su presencia e impacto son los mismos. Él pasea en la oscuridad mientras los niños se encuentran bajo las sábanas, antes del despertar. Tiembla de miedo antes de entrar a ellas, muchos están casi dormidos cuando él llega, inadvertido. Wendy recuerda cómo, todas las noches, bombas caen de los cielos estrellados. El príncipe de Nunca Jamás se asomaba por las ventanas llevándose a todos los niños, sin consentimientos de sus padres. Se van dormidos y despertaban en otro lugar. Wendy no sabe dónde se encuentra. Nunca se la han llevado a ella.

Él le narra de una isla, donde piratas, sirenas, indios y hadas que viven libres y los niños nunca crecen, pero tampoco regresan. La última vez que Peter Pan se alojó por las ventanas fue el siete de noviembre del mil novecientos cuarenta. Mientras las explosiones ocurren en diferentes tiempos, él siempre aparece de casualidad. Entrelazado y sincronizado con los tiempos, ambos caen. Los cadáveres de niños, adultos y envejecientes aparecen por todos lados. Peter se aposenta ventana y se lleva los hermanos de Wendy en una sacudida. Ellos todos dormidos, desconocen de la bomba que les ha caído encima.

Los restos se esparcen por el suelo y Peter Pan solo puede ayudar a recogerlos. Juan solo tiene diez años cuando el granizo de los ladrillos cae sobre su cuerpo. Abierto por el centro, la cama en la mitad divida y sus espejuelos rotos, sin un cristal a dos pulgadas de él. Su mano trata de alcanzarlos, el pobre nunca logró. Sus dedos quedan hechos añicos y triturados. Su madre grita a cántaros "Dios mío, a veces pienso que las solteras son de envidiar" después de observar los cadáveres de sus hijos en el suelo sin techo. Wendy camina unos pasos hacia la cuna de Micael. Su cuerpo queda intacto, pero varios ladrillos se enterraron en su rostro. Su cráneo se encuentra dividido por el mismo cuero cabelludo. El cerebro se derrama encima de la almohada y la cama intacta. Sangre se escurre por toda la cama del infante de solo cuatro años.

Wendy atónita por la situación, no sabe cómo reaccionar. Pasan horas. Ella las gasta congelada al frente del cadáver de ambos de sus hermanos. "¿Por qué, Peter Pan? Te los has llevado a ellos y me quede yo acá." Ahora hay un síndrome con su nombre. Sin poder salir de su niñez se viste con hojas verdes y una daga en el costado. Después que oscurece, toda de verde y la pluma roja en el sombrero, se desliza entre ventana y ventana antes de que llegue Peter Pan. Asfixia los niños con sus propias almohadas, mientras para que Peter Pan no pueda volverle hacerle daño a nadie, nunca jamás.